ももこの世界あっちこっちめぐり

さくらももこ

集英社文庫

もくじ

ももこの世界あっちこっちめぐり

旅《たび》に出《で》る前《まえ》のキモチの地図《ちず》

行く予定ないけど ここなんてずいぶん寒そうだねえ…
いってきまーす!!
わくわく
ハワイって、ホントにそんなにいいのかな。
ハワイ
かっこいいスケボー少年にあえるかな。
サンフランシスコ
世界で一番大きい木を見たいね。たのしみ!!
ヨセミテ
(ロス)
グランドキャニオン
(ニューヨーク)

ラスベガス
あたしゃヒロシの喜ぶカオをみたいよ早く。

カジノとかルーレットってぜんぜん興味ないんだけど…。

まアちょっとのぞいてみるか。

南米がもっと近ければ行きたいのに…

ちょっと遠いねえ…

(ケアンズ)

(シドニー)

今回は行かないけど、シドニーはすごくいいよ!! 気候もいいし景色もいいし、シーフードもおいしいし。

あんまりきいたことないけど 一体どんな所なんだろう…。
けっこうよくきく街の名前だけど 一体何があるんだろ…。
マドリード
トレド
バルセロナ
(ロンドン)
パリ
ミラノ
アムステルダム
ベニス
安楽死のこと みんなにききたい。
あー たのしみ たのしみ たのしみ
ガラス工芸が いっぱい見たい!! シャンデリアも欲しい。すっごくたのしみ!!
(ホンコン)
(タイ)
(インド)
アフリカは いつか行ってみたいな。ちゃんと注射してからね。
今となれば ちょっとなつかしい インド。
バリ島
ウブドゥの 村の人たちの絵 どんなのかな。はやくみたいな。たのしみ たのしみ!!
わく
ピエール・ラニエの時計がいっぱい みつかりますように…。ドキドキドキ…。
オリンピックとガウディの 街ってことだけしか 知らないけど ちょっと わくわく…。
□で囲ってある場所は 今回の連載で行く所。
( )で囲んである所は 前に行ったことがある場所。

スペイン・イタリア編

はじめに

このたび、私が世界のあっちこっちをウロウロと旅をし、何か見てきたことや食べた物や買ってきた物などを皆様に御紹介させていただく事になった。

正直言って、私は旅行はそれほど大好きというほうでもないし、ファッションやブランド物に興味あるわけでもなく、いろんな事にはりきってチャレンジするハツラツ娘でもない。じゃあ、そんなろくでもない者をわざわざ世界のあっちこっちに行かせて連載までさせようなんて、一体ｎｏｎ－ｎｏはどういうつもりかと思う読者の皆様も多いと察するが、私にもｎｏｎ－ｎｏの意図はよくわからないのである。ただひとつ言えることは、ｎｏｎ－ｎｏの編集の方がこんな私にむかって「もう、どこへでも好きなとこに行って好きなことをしてきて下さい。別にｎｏｎ－ｎｏだからといって、オシャレな事を書かなくてはなどと考えなくてもけっこうですから」とおっしゃって下さったので、かなりホッとした。どうやらｎｏｎ－ｎｏ側は、私が世界のあっちこっちに行って、しょうもない発見やズッコケ話などを持って帰ってくることに期待をよせている様子である。ｎｏｎ－ｎｏの誰かがハッキリ私にそれを期待しているると言ったわけではないが、たぶんそうに決まっている。だから私はそのつもりでこの連載をすすめてゆこうと思っている。なので皆様もそのつもりでおつきあい願いたい。

スペインへの夢

　さて、まず初めの旅はどこにしようかといろいろ考えたが、私はスペインに行きたいと以前から強く感じていた。スペインには、私の大好きな手描きのお皿がいっぱいあるのである。十九歳の頃初めてスペイン方面の手描きのお皿を見て以来、ずっと〝ああ、あのお皿の国スペインに行ってみたい〟と地味に思いつづけていた。本当は、新婚旅行で行くはずだったのだが、元ビートルズのポール・マッカートニーという人がロサンゼルスでコンサートをやることになったので、ビートルズの熱狂的な支持者である夫は「スペインはまたいつかにしよう。今回はどうしてもロスに行きたい」と言ったため、スペインは流れてしまった。

　あれから七年経《た》った。〝スペインはまたいつか〟という、いつかがやっと回ってきたのだ。「またいつかね」などという言葉は〝ああそうか。またいつかならばそれでいいや〃と一瞬納得させられてしまうが、実際には〃いつになるかあてにならないよ〃と言われたと同然である。「またいつか」と言われた時に、ボンヤリしていると七年くらいは平気で経ってしまうのだ。だから「またいつか」と言われた時には「じゃあ、それはいつですか。何月何日何時ころかをここで決めて下さい」と確約させるに限る。

そのような私の希望でスペインに決まった。この連載の旅には私の夫も同行してカメラマンの役を果たすことになったのであるが、連載中にポール・マッカートニーがどこかの国でコンサートを行うというようなことがありませんようにと祈るばかりである。

腹痛の夫

いよいよ出発の日になったのだが、夫は数日前からの腹痛が治らずに、腹に手を当てて腰を丸めて同行するという情けない事態となっていた。私の旅行バッグの中には本来なら用がないはずの梅干しと米が入っており、空港で〃おかゆ作りコンロ〃という便利商品を買って彼の腹痛対策に備える事となった。当然私は不安な気持ちでいっぱいである。彼自身にもこの旅がどうなるのか先が見えない様子であったため、お互いに腹痛の件には極力触れないようにしていたのだが、ちょっと夫の方を見ると眉をひそめて手は腹の上だ。大丈夫かなァ……と思わずにはいられない。

しかし夫は、JALのファーストクラスのすばらしいワインリストに目がくらみ、よせばいいのに次々と色々なワインを飲んでいた。ファーストクラスというものは、本当にいたれり尽くせりの贅沢《ぜいたく》ができるようになっており、食事なども機内食とは思えない程おいしい物が出る。アルコール類も最高の品揃《しなぞろ》えだから夫がついつい沢山飲んでしまうのも仕方ないといえよう。こうして酒を飲み、キモチ良くなったらあとはイスを倒して足の台を上げ、水平に寝ころんで眠りに就くのである。そんなことがファーストクラスでは行われているのだ。ひと言でいえば、〝いい物食って飲んでひと眠りしてるうちにハイ目的地ですよ〟という事である。まさしく雲の上の極楽とは各飛行機内のファーストクラスのフロアにありといえよう。

私が夢ごこちで眠っている間、夫は腹の激痛にあい、地獄をさまよっていたようである。先程飲んだワインが彼の腸内をことごとく刺激し、しばらくの間トイレから出られなくなっていたらしい。私が目覚めてフト隣を見ると、夫は「……もう絶食する……現地に着いたら病院へ直行する……」とつぶやいていた。嫌な予定をきかされてしまった。あこがれのスペインに着いたら病院か……と思い、私は虚《うつ》ろに窓の外の雲海を眺めた。

マドリッドのノミの市

ドイツのフランクフルトで乗り換え、スペインのマドリッドに着いたのは夜十時であった。現地の空港ではガイドの水久保《みずくぼ》さんという男性が待っていて下さり、私をひと目見るなり「いやァ、もっと大人の方かと思いました」と子供っぽい私の容姿をかなりストレートに指摘してくれた。若くみえたのだからまあよい。

夫は、ホテルに荷物を置いてすぐに水久保さんと病院に直行した。彼が飛行機内でつぶやいていた予定通りに事はすすんでいる。私は大変疲れていたので先に眠ることにしたが、ちょうど一番眠りが深くなってきたところで病院から戻ってきた夫にドアを開けてくれと起こされるハメになった。もちろん辛《つら》かった。

戻ってきた夫は薬を沢山持っていた。聞けば尻に注射もされたという。「どうして腕じゃなくて尻だったんだろう」と夫は首をかしげていたので私は「尻の方が腹に近いから薬が早く回るんじゃないの」と適当なことを言って再び眠ることにした。何で腕じゃなくて尻なのか、実のところ全くわからないが別にわかるまで考えたくもない。この夫がスペインまで来て尻を出して注射されたという事がわかっただけで充分だ。

朝になり目覚めると夫は既にトイレに籠《こも》っていた。どうやら尻への注射はあまり効いていなかったらしい。

今日の予定は昼食をどこかで食べたあとにノミの市へ行き、その後トレドという町へ向かう。夫の腹がトレドまでもつかどうかは誰にもわからないが予定はすすめられることになった。

昼食は、水久保さんの案内でおいしいと評判の海鮮料理の店へ行った。店先のショーケースにはとれたてのエビや貝や魚が美しく並べられており、なかなか良さそうである。

まず、エビの焼いたやつを食べることになった。エビを塩で焼いてあるだけなのだが、まことにおいしい。ああ、エビよエビ、と思いながら地元のビールを飲むとこれがまたおいしい。夫は大のエビ好きだが、今回は食べられない状況なので気の毒だと思い、私は無言で食べ続けることにした。あまりのおいしさに、「……くぅ」と感嘆の声が漏れてしまう時もあったが、そういう時は首を下に向けて拳に力を入れてこらえた。

エビの次にはマイタケの一種らしきキノコの焼いたやつがテーブルの上におかれた。一枚が掌《てのひら》くらいの大きさで肉厚のそのキノコはものすごく瑞々《みずみず》しく、シコシコキュウキュウという得《え》も言われぬ歯ごたえで非常においしい。私は首を下に向けて「……くぅ」とこらえるばかりであった。

そんなにこらえている私の気も知れず、夫は「おいしい？　ねぇ、コレおいしい？」としつこくきいてくるので、仕方なく「うん、まぁ、おいしいね」と一応ひかえめに感想を言った。すると夫は「やっぱりおいしいんだね。あぁ、やっぱりおいしいのか」と、もう居ても立ってもいられないという様子になっていた。きかなきゃ良いのにきくからそんな様子になってしまうのだ。私も水久保さんも困ってしまい、あまり料理の味についての感想は会話に出さないよう注意しながらその後の食べ物を片づけていった。

次はノミの市に行くのだが、ここではスリやかっぱらいがウヨウヨしているので注意するよう水久保さんから指示があった。

バザールには日用品から服、小物、ペット、絵画などが安い値段でジャカジャカ売られており、こまかく見てゆくと楽しい物が色々ある。だが、いくら楽しいからと言って、口をあけてポカンと見とれてアハハなどと笑っていたらサイフはなくなるであ

のみの市でみかけたスリの男。
女の人のサイフをとろうとしていた。
いかにも悪さしそうなかんじの男だったよ。
もっとスリはいっぱいいるかと思ってたけど
私がみたのはこいつひとりだけでした。
ボッケー…
←のんきそうな女性。
こいつがスリ
コリ
コリ
なんか、ジャージ
みたいな服きてた気がする。

ろう。気をひきしめつつ楽しまなくてはいけない。私は巾着袋のヒモをグルグルと手に巻きつけ、そのうえ巾着の口を握りしめ続けていたので手首の血管が鬱血《うっけつ》していた。だが、そのくらい気をつけていなくてはスリにやられるに違いない。鬱血をとるかスられるか、この場所はそういう厳しい場なのだ。夫などは、気をゆるめると便がもれそうになると言っていたので、スリの注意の他に尻の穴のひきしめにまで気を使わなければならない。このバザールに人多しといえども、この男ほどテンションが高い者はそういないであろう。

私は安物の革のバッグを買うことにした。羊だか山羊《やぎ》の革だと売り屋の男は言っていたが二千円くらいの物なので何の革だかよくわからなくとも悔いはない。バッグの表面にはエキゾチックな模様がほどこされており、やわらかな手ざわりが気に入った。まあ、バザールで買う物としては妥当であろうと思われる。

夫はといえば、ソーラーパワーにて動く小さな扇風機《せんぷうき》がついている帽子を買っていた。もっと詳しく説明すると、野球帽のてっぺんの部分に太陽エネルギーを集める四角い鏡がついており、その力でツバの部分に組みこまれているプロペラが回って額に風を送る仕組みになっているのである。ちょっときくと「へー、なんか便利そうじゃん」と思うかもしれないが、ひと目見ればそのバカバカしい有様《ありさま》に呆《あき》れるであろう。

だいたいそんな変な仕組みの帽子をかぶっている人がいたらどういうつもりかと思うし、お願いだからかぶって下さいと泣いて頼まれたって私なら断る。ドラえもんのポケットの中にならもしかしたらこんな帽子もあるかもしれないが、みっともないうえにたいして役に立たないという理由でポケットの中身を整理する時には捨てられるような一品だ。つまりのび太ですら使わないぐらいくだらない帽子なのである。

だがそんな物が存在するということは、それを真剣に発明しようと努力した人がいるということであるし、またそれを売ってみようと量産に踏み切った人がいるということなのだ。バカらしい商品にも、真剣にかかわっている人がいることが更にバカらしい気分がする。

そんなバカらしい物を早速かぶって夫は得意な顔になっていた。そして私にむかって、「どう?　変?」と尋ねてきたが、そんな姿の感想をどう言えばこの男は気が済むのであろうか。そのプロペラで頭をよく冷やした後に、その帽子をかぶっている自分のことを深く考えてみろと言ってやりたかったが、下痢をしている彼にそこまできつい事を言うのもアレだと思い黙ってその場をやりすごした。

トレドという町

我々は車でトレドという町に向かった。トレドは昔、城壁に囲まれていた丘の上にある古い町だという。水久保さんの話によれば、かつて日本からの少年使節団もトレドに来たそうだ。少年使節団といえば、中学の頃歴史の授業で習ったが、伊東マンショとかあと変な名前の数名の少年達がどこか遠い所に勉強しに行ったというあの人達のことだ。たまたま伊東マンショだけ、まんじゅうに似ている名前だから私も憶《おぼ》えていたが、そのまんじゅう少年がこんな所まで来たというのだからえらいではないか。少年というからには、まだ十代前半だっただろうに、親と別れて遠い遠いトレドなんかに来た時にゃ、どんなに心細かった事だろう。

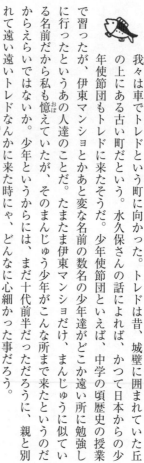

伊東マンショの事を想《おも》っているうちに、だんだんトレドの町が向こうのほうに見えてきた。アラビアふうの丸い屋根や小さな家並みが黄土色に浮かび上がっている。車はどんどんトレドに近づき、トレドが丸ごとばっちり見える丘の中腹で一旦車から降りて景色を見ることにした。

その景色は、ただそれがそこにあることだけで素晴らしかった。手前には川が流れ、その向こう側に浮くようにして存在しているトレドの町の姿。全体的にシックな黄土色でまとめられ、スペインの青い空の中にくっきりと納まっている。この景色をひと目見るためにだけ、スペインまで足を運んだとしても無駄ではない。

私がトレドの風景に感心している隣で、夫は無口になってジッとしていた。ジッとしながらも時々シャッターを切っていたが、どうやら腹が痛いようだ。彼にしてみりゃトレドよりもトイレであろう。

その夜、私と水久保さんは夕食を簡単なレストランでサッサと済ませた。もちろん、味のことはいちいち感想を言わずに食べた。腹に手を当てている者が側《そば》にいるから仕方あるまい。

翌日は、トレドの町の中を朝からゆっくり散歩した。古い石の家並みに陽が当たり、空の濃い青色の中に自分がいることのうれしさを感じ続けて歩く。疲れたら道端のカフェテラスでお茶を飲んで休む。小さな土産物屋には、十九歳の頃私があこがれた絵皿が壁いっぱいに飾られている。スペインに行ってみたい、こんな町に行ってみたいと想っていたころのあの風景の中に本当にいると思うと泣きたい気持ちになってくる。

スペインの人は、まず自分の生活を大事にしているそうだ。ゆっくりお茶を飲んだり、楽しく食事したり、散歩したり、家族仲よくすごすための時間を優先し、生活に必要な分だけ働いてあとは呑気《のんき》にすごすのだという。そのような人々の気分が、町の空気の流れをつくっているのであろう。福祉が充実しているから、病院も無料だし学校も高校まで無料だそうだ。みんなアパートやマンションに住んでいるが、住宅費も安いためにマンションを買ってから結婚するのが普通だという。税金をちゃんと正当に国民のために使っているのであろう。どこか国民の知らぬところで金を着服《ちやくふく》したりして、住みにくくしている日本政府は大いに反省すべきである。

夕方、象嵌《ぞうがん》細工の工場の見学に行った。象嵌細工とは、金の糸や銀の糸を使って細い模様を描く細工であり、主にアクセサリーや小箱などが作られている。

工場には数名の職人さん達がコツコツと細かい作業に励んでいた。指先ほどの小さな土台に、細い細い金糸を正確にはめ込んで模様をつくってゆくのである。途中、目が痛くなるために何度も休憩をとるそうだ。

職人さん達にまじり、見習いの青年達も練習をしている。まだまだ売り物になるような物を作れなくとも、将来立派になるであろうことを期待されて給料をもらっているらしい。良い制度だなァと思う。

工場からホテルに戻ったとたん、非常に眠くなったので少し眠ることにした。夜の九時ごろに食事に出かける予定なのでそれまでの間三時間位は眠れる。

そう思って眠ったのだが、どうしても起きたくないほど深く眠ってしまった。途中、夫の「食事に行く時間だよ」という声がしたような気もするがあまりよく覚えていない。

目が覚めたら朝の六時になっていた。トイレの方では夫のうめき声がきこえている。どうやら昨夜、水久保さんと食事に出かけ、我慢しきれずに何かたくさん食べてきたようである。それで朝っぱらからうめいているのだ。

うめく夫を連れて今日、我々はバルセロナに発《た》つ。

バルセロナへ

美しいスペインの古都、トレドから車でマドリッドまで戻り、そこから飛行機に乗ってバルセロナへと向かう。マドリッドからバルセロナまでは約四十分位のフライトだ。羽田から名古屋まで飛ぶようなかんじであろう。

バルセロナのホテルに着いたのは夕方だったので、今日は夕飯を外に食べにゆくだけにしようということになった。夫は朝から例の腹痛のため絶食していたので大変空腹になっており、ホテルでおかゆを作って食べることにした。私はおかゆを作りながら、バルセロナの事を考えていた。バルセロナといえば、オリンピックだったなァ。

あの頃は急にバルセロナが有名になったなァ。それまではバルセロナなんて、全然知らなかったのになァ。オリンピックの力ってすごいなァ。……と、そんな事を考えていた。子供並みの思考である。

あと、バルセロナはガウディの建てた建築物がある事で有名だ。私はガウディの事も少し考えていた。ガウディって、なんかあんまりよく知らないけど、名前だけはちょくちょくきくなァ。確か、変わってる建物を造ったんだよなァあの人は。だけど、どういうの造ったんだか全然よく知らないや。まァ、みんな見た人は「すごい!! ガウディは天才!!」とか言ってるから、きっとすごいんだろうなァ。それがこの街にあるのか、ふーん。……とこんな事を思っていた。そうこうしているうちにおかゆがでてきたので夫に与えたら、ボウル一杯分位食べたので驚いた。いくらおかゆだからといって、こんなに食べていいものかとも思ったが、止めても私の話などききやしないという勢いで食べていたので放っておいた。

夜になり、水久保さんの案内で中華を食べに行く事になった。行く途中で、ガウディの造った建物が二軒あるというのでそれもついでに見る事にした。

スペインは、街の外燈《がいとう》がオレンジ色をしており、夜になると独特の味わいがかもし出されている。ロマンチックな恋人同士が歩くには、もってこいの景色である。腹痛の夫と水久保さんを交えて歩くには適さない景色だといえよう。だから我々は、歩かずにこうして車で移動している。

大通りをしばらく走ってゆくと、急に変わった建物が見えたので、「ああ、あれですね」と一目でそれがガウディだとわかった。そのくらい、ガウディの建てた物は変わっているのである。

暗い夜の街でボウッと照明に照らされて浮かぶその建物の色の美しさと、大胆な曲線で構成された形にはもうただ圧倒されるばかりであった。そして、こんな物を本気で建てようと思ったガウディの気持ちに思わず〝カワイイ……なんてカリイイんだろう〟とキュンとなってしまった。

すごい、すごい、ガウディってすごいぞ、と何年も前から皆が言っている感想がやっと私にも湧いてきた。もっともっとガウディの建てた物を見たい!!

一軒目のガウディに大感動している私にむかって水久保さんは「もう一軒ありますから、行きましょう」といたって冷静に案内を続けていた。水久保さんの話によれば、まだまだすごいガウディの建物がいっぱいあるらしい。一軒目で驚いている場合じゃないですよ、という感じである。

二軒目も、街の大通りに面して建っていた。やはりすごく美しい色と曲線である。

隣の建物も変わっているなァと思っていたら、水久保さんが「隣の建物はガウディの弟子が建てたものです」と教えてくれた。へー、なるほどねぇ、弟子もなかなかやるじゃん、と思う。ホントに弟子もなかなかやるのである。ガウディと並んでいるので弟子のインパクトは少々薄れるが、並んでなかったらこれも相当な衝撃作だ。もし日本にこちらの弟子のやつが造った家だけでもあったら、けっこう有名な名所になるであろう。弟子のやつのですらそのくらいにはなると思われるのだから、ガウディの方があったりしたら、金閣寺と張り合うくらいの名所になるであろう。何度も言うが、そのくらいすごい。こんなにすごい物を、中華料理店に行くついでにチョイと見てしまって良いものか。

水久保さんのおすすめの中華料理店にようやく着いた。バルセロナなのに中華料理店の中は立派な中華ムードでいっぱいだ。どうせ華僑《かきょう》の力によるものだろう。華僑の力は全世界の中華街・中華料理店で垣間見る事ができるが、どこに行っても「うーん、やるなァ華僑は」と思わせる。私はどこの国でもわりと中華料理が食べたくなるタチなので、華僑の人ががんばってくれていると有難い。

ウエイトレスが高橋由美子チャン似の美人だった事に気を良くしたのか、夫は急に「お腹《なか》の調子がいいみたいなのでボクも何か食べたい」と言い出した。私は一応止めた。アンタはさっき、おかゆをボウル一杯も食べたでしょう、それなのにここで何か食べたりしたら、またお腹が痛くなると思うからやめた方がいいですよ、というような事を言ってやった。水久保さんも〝そうだそうだ〟という表情をしていた。だが夫は「いや、大丈夫そうな気がする。海鮮粥《がゆ》くらいなら平気だと思う」と主張するので水久保さんは遂《つい》に折れ、「まァ、それじゃ海鮮粥を頼んでみましょう」という事になった。私はよせばいいのに、とずっと思っていた。腹痛というものは、ちょっと〝治ったかな〟と思って調子にのるとすぐにダメになるものなのだ。だから「よした方がいいよ」と言っていたのにこの夫はきかないというのならもう勝手にするがよい。私は念のため夫に「私はよした方がいいと思うよ、って事は何度も言ったからね。それだけは覚えといてね」と、あとで〝何で止めてくれなかったんだ〟と言われないように釘《くぎ》を刺しておいた。これで夫の腹痛が、もしも後で起こったとしても私の責任はゼロだ。夫は私に念を押され少々弱気になり「やっぱり痛くなるかなァ」ときいてきたので、「そりゃ痛くなる可能性は高いと思うね」ときっぱり言ってやった。ここで甘やかして大丈夫だよなどと言うのはたやすいが、うかつな発言は本人のためにもならないし自分にも責任が回ってくるから禁物だ。

そんな思慮深い私の忠告も、海鮮粥がテーブルの上に届いたとたんぶっ飛び、夫はどんどん食べていった。粥だけでなく、私と水久保さんの注文した料理もチョコチョコつまんでいる。そして「ああおいしいああおいしい」と何度も言っているので私からはもう何も忠告する言葉はなかった。

――その夜、夫の腹は案の定ひどく痛んだようであった。

翌日、「……もう今日は絶食する……」と夫はまた例の宣言をしていた。私はあまり信用できない気持ちだったので「ああそう」とだけ言い、水久保さんの待つロビーに向かった。

今日はまずガウディの造った〝グエル公園〟へ行く。そこは今でこそ公園とは言うものの、本当はガウディの手により集合住宅地を造る予定だったそうだ。だからかなり広い範囲の土地をガウディはまかされ、はりきって教会だの学校だの公園だのを造り始めたらしい。集合住宅地といえば、ひとつの町を造るわけであるから、そのような色々な公共施設が必要なのだ。ところが、着々と色々な施設を造り〝さあ入居者をそろそろ募集しましょうか〟という段階になったので募集をしてみたら希望者はガウディ本人とあと一名しかおらず、住宅二戸を建設した時点でこの計画は途中で終わる事になってしまったそうだ。ガウディのあまりにも奇抜なデザインに、誰もついてこれなかったのであろう。公園や教会など、途中まで造ったのだから、このまま捨ててしまうのはもったいないという事で、バルセロナ市がその土地を買い取り、グエル公園として市民のいこいの地となったという。それにしても、はりきって造ったのに入居者が自分とあと一名だけだと知った時のガウディって一体……。

そんないわくつきの公園はどんなものだろう……という期待が高まった。あのガウディが「よーし、みんなの町をオレがいっちょ造るぜ、本気でよォ!!」とはりきって造ったんだから、きっとすごいに決まっている。

ガウディの大作

そこはもう、ガウディの世界一色だった。ガウディの世界に触れた人は皆「ガウディは、子供心を失っていない天才だ!!」と一様に言うが、まさしくその言葉に尽きる。ガウディは天才だし、子供心を失っていない。

人が大人になって家を建てようと思った時、家の壁や窓の縁などを〝モザイクでカラフルにしたら楽しいんじゃないか〟などとはまず思わないであろう。もし思ったとしても、それは夢物語であり、実際にやろうとはしない。第一、そんなことをしたら普通の町並みの中で笑い者になるし、大変に手間とお金がかかる。それなのにガウディはやってしまったのだ。それも家一軒ではなく、〝町〟という規模で。ガウディがやりたい放題やれるための資金はどうしてあったのかというと、彼の才能を見込んだ伯爵がいて、彼の作品のためにどんどん資金を惜しみなく出してくれたらしい。その伯爵こそ、この公園の名前にもなっているグエル伯爵である。当時はまだたいして評価されていなかったガウディに、よくもこのような大変な仕事をまかせたものだと思う。先見の明のある人というのはまさしくグエル伯爵のことだ。ヘレン・ケラーにはサリバンあり、星飛雄馬には一徹あり、ガウディにはグエルあり、といったところか。

私はその公園の中にある全てに感動していた。広場のベンチは波型にグルリと一周まわっており、全面にタイルで模様が施されている。タイルの所々に職人さんの名前が記されており、当時この仕事に関わった人がきっと、〝この仕事って、変わっているけれど、実はすげぇ事なのかもしれない。歴史に残るような仕事かもしれないから一応名前を書いておこう〟と感じて記したに違いない。そしてその判断は正しい。このベンチは変わっているだけではなく、人間が座った時に一番座り心地が良いと感じる形になっているのだそうだ。ガウディは色々考えているのだ。やたらめったら面白くしようなどと思って造っているのではない。こんなにガウディは考えて造ったのに、この集合住宅に希望者がいなかった事実を思うと〝くぅ――っ〟と泣ける。私なら、

グエル公園に入るとすぐに、モザイクでできている大きいトカゲがいる。有名なトカゲらしい。すごくきれいでカワイイよ。

ぜひ住みたい。そして家が買えそうな友人の吉本ばななあたりも誘ってみる。彼女ならポンと二軒くらい買うかもしれない。……などと思ってみても、今は公園になってるんだから、どうしようもない。

次に我々はガウディの最後の大仕事といわれている聖家族教会《サグラダ・ファミリア》を見に行った。この教会は一八八二年から工事が始まり、百年以上経った今でもまだまだ工事が続けられているという大変な教会なのである。有名な教会なので時々写真で見かける事があったが、近くで見たらその大きさと細工の細かさにギョッとした。柱の部分にはびっしりと天使やらマリア様がくっついているし、窓は手のこんだステンドグラス、てっぺんのほうの屋根のところはモザイクだし、どこをとってもいちいち見れば見るほど何かしてある。もうアンタ、いい加減でそのへんでよしなよと言いたくなるほどこっている。完成までにまだあと百年か二百年かかるといわれているらしい。ガウディは、自分が死んでから何百年も経た後の完成を、未来に託してこの世を去ったのだ。カッコイイことするなァと思う。

聖家族教会を見た後、我々はデパートに行った。そこでスペインのお土産を眺めていたら、普通のキーホルダーや置き物に混じって何とも暗い表情の人形を見つけハッとした。

とにかく暗いのである。色々な子供達の人形なのだがどの子も暗い。スキーウェアを身につけている子供も、ヤギを抱いている少女も、全員暗く浮かない表情だ。もちろん全然かわいくない。どういうつもりでこんなに暗い人形を作ったのかと作者に問いたい。子供達の人形は暗いのに、ブタの人形だけは陽気に笑っていた。ますますどういうつもりかと思う。買おうか買うまいか迷ったが、何度見ても気になるので買うことにした。この暗い少年少女達と笑うブタが、これから私の家の棚でスペインの思い出として暗く静かに活躍するのである。

その夜、私は非常に疲れてしまったので夕飯をとらずに眠ることにした。夫は水久保さんと一緒に日本料理店に出かけたようだ。私は眠っていたので気がつかなかったが、明け方また夫の腹痛は起こったらしい。

朝起きると夫は「……今日こそ絶食する……」と言っていた。今日こそ絶食するがよい。ホントに絶食するがよい。毎朝絶食すると言って、今まで絶食した例《ためし》がなかったのだから、今日こそそれを見せてもらおうじゃないか。

我々は今日、ベネチアに発つ。ベネチアは飽食の国イタリアだ。その国で果たして絶食できるかどうか。夫よ、ベネチアで男の根性を試してみるがよい。

水の都に到着

バルセロナの空港で水久保さんと別れ、我々はベネチアに向かった。ベネチアの空港ではパトリシアさんという女性のガイドさんが待っていてくれている予定である。

予定どおりパトリシアさんは待っていてくれた。背の高いスリムでカッコイイ女の人である。パトリシアさんは流暢《りゅうちょう》な日本語であいさつをし、タクシー乗り場につれていってくれた。

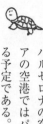

タクシーとはいっても、ベネチアのタクシーはモーターボートである。着いたとたんに「おお、水の都だなァ。交通手段は舟だとウワサできいていたけれど、なるほど本当だ」と思い感激する。モーターボートはグングン進み、水の上に浮かぶ街までまっしぐらに近づいていった。

私はワクワクしていた。ベネチアは、ベネチアングラスの街なのだ。私はガラス工芸が大好きなので、いつかベネチアに行ってみたいと思っていた。そして、ベネチアングラスで造られたシャンデリアを買いたいという希望もあった。日本ではベネチアングラスで造られたシャンデリアは非常に高価でモノによれば何十万円もするといわれているが、現地で買えばわりと安く手に入るらしい。ベネチアングラスはアメ玉みたいな色でとてもきれいなのである。赤や緑や青のガラス工芸がいっぱいあるあの街に早く行きたい。

モーターボートは街に着き、街の中を流れる川を走ってホテルに着いた。ホテルのフロアには、大きな大きなベネチアングラスのシャンデリアが幾つも吊《つ》り下《さ》がっており非常にベネチアらしい。床の模様や柱など、どこを見てもイタリアの洗練されたデザインが施《ほどこ》されており素晴らしい。

夕方、パトリシアさんの案内で私達は散歩がてら夕飯をとることにした。初夏のベネチアの日没は遅く、午後六時をすぎてもまだ明るい。交通手段が舟のこの街には車やバイクや自転車すら走っておらず、ガラス工芸の店が連なる道を人々だけがゆっくり通りすぎてゆく。店からもれる光は夢々《ゆめゆめ》しいばかりに揺らめき、カフェからはアコーディオンの音楽がなつかしく流れてくる。橋の上からは行きかうゴンドラが見え、水面は夕陽で照らされている。私はこの街の全てが、窒息しそうに気に入ってしまった。できることならこの街ごと風呂敷に包んで持って帰りたい。

パトリシアさんが予約してくれたレストランは、小ぢんまりとしたオシャレな感じのお店であった。新鮮な魚介類が中央のカウンターに並べられており見るからにおいしそうだ。朝、絶食宣言をしていた夫は店に入るなり「なんか、お腹の調子がいいみたいだ」とつぶやいたので私は〝ああ、また食べるわけね〟と思い様子をみていたら、案の定、彼はパトリシアさんに希望のメニューを伝えていた。このような夕方の油断が翌朝の腹痛につながるのである。私は夫の腹の事を心配しつつスパゲッティを食べ始めた。するとそのスパゲッティのおいしさに、夫の腹への心配は忘れてしまった。こんなにおいしい物を食べたのなら、腹痛になっても悔いはなかろう。夫も「悔いなし」と言いながら食べていた。気分は〝ベネチアの夕暮れに乾杯!!〟といったところだ。

夜遅く、夫は腹痛になりうめいていた。少し、悔いているようであった。気の毒だが仕方あるまい。

ムラノ島

翌日、私達はムラノ島に出かけた。ムラノ島はベネチアングラスの工場がある島で、ガラス工芸店が林立しているらしい。楽しみな話ではないか。私は〝気に入ったシャンデリアが見つかるといいなァ〟と思いながら高まる期待を胸にボートに乗っていた。

話にきいたとおり、ムラノ島にはガラス工芸店がわんさかあり、どの店に入ってもシャンデリアがジャカジャカと天井から吊り下がっていた。たくさんありすぎて、どうすりゃいいのかわからなくなってしまう。もう、どれでもいいやという気持ちになるのだが、いざそれにしようと思うと〝本当にそれでいいのか〟という気持ちが湧いてくる。シャンデリアなど、一生のうちでそう何回も買う物ではないのだから、できるだけ気に入った物が欲しい。見るたびに〝ああ素敵〟と思える物を選びたい。しかも手頃な値段の物となるとやはり慎重に選ばなくてはなるまい。

私は夫とパトリシアさんを連れ回し、何軒もの店を出たり入ったりしてシャンデリアを見た。天井ばかり眺めていたので首が痛くなってきた。夫は写真を撮りながら、半球型のガラスの中に細かい模様がぎっしり詰まっているベネチアングラスの典型的な置き物に興味を持ったらしく、それらをちょくちょく眺めていた。ある店の主人が「いいでしょうコレ」と言いながら、自慢の半球ガラスを夫に見せたので夫は「おお、きれいですね」と言うと店主は「でしょ？　これは最高の文鎮《ぶんちん》ですよ」と言った。そのやりとりを夫の翻訳で知った私は、「……文鎮かァ……。いくら最高でも、文鎮じゃあねぇ……」と思わずつぶやきながら日本語の通じない店主を前に夫と苦笑した。

やっと私は手頃なシャンデリアを見つけ、三個購入することにした。ひとつは台所用、もうひとつは客間用、そしてもうひとつは親のところへあげるための物である。どれも十万円前後だったので、日本で買うよりかなり安いと思う。少し首は痛くなったが、私は満足だった。

遅めの昼食を、ムラノ島の中にある小さなレストランの庭のテーブルで食べることにした。私はまたスパゲッティを注文した。イタリアに来たからにはできるだけ本場のスパゲッティを食べておきたいという気持ちがあったのだ。インドならカレーだし、大阪ならたこ焼きだし、荻窪《おぎくぼ》ならラーメンだ。

ベネチアの空はくっきりと青く、レストランの庭の各テーブルから人々の話し声や笑い声だけがさざめいている。そんな場所で本場のスパゲッティを食べる幸せは、死ぬ間際にまで思い出してしまいそうだ。

私はそのレストランに並べてあったベネチアングラスで造られたコップが大変気に入った。どこに売っているのかとパトリシアさんにきいてもらったところ、それらのコップはレストランが特注で作ってもらったとのことで、売っていないという話だった。パトリシアさんも「そういえば、ベネチアングラスのコップというのは、ありそうなのに見たことがないです」と言った。どうしてだろう。コップなんて、ガラス製品の代表ではないか。まっ先に作るべき物ではないか。見習い職人が練習用に作ったコップでもいいから欲しい。

私がコップをあまりにも欲しがるので、パトリシアさんは「もしかしたらどこかにあるかもしれないから、いろんなお店できいてみましょう」と言ってくれた。パトリシアさんは細かい事まで本当に気を配って面倒をみてくれる。申し訳ない限りである。

それにしても、私が今までイメージしていたようなイタリア人がいない。私のイメージのイタリア人は、男も女も太っていて、フライパンを片手に夫婦で怒鳴り合っているという光景か、さもなくばいやらしい目つきのオヤジと少年が、若いメイドのミニスカートの中をのぞこうとしているふうな光景であった。

前者のイメージはいつどこで覚えた心象風景かわからぬが、後者の出所ははっきりしている。アレッサンドロ・モモ出演の『青い体験』とか『続・青い体験』とかとにかく青い体験がらみの下品気味なお色気映画によるものだ。私が中学生のころ、「なんていやらしいんだイタリアは」と思いながらも親に隠れて観た深夜番組のせいで、イタリアはそんなイメージになっていたのである。

しかし、実際のイタリア人は大変スマートで上品であった。目の前にいるパトリシアさんだってモデル並みにスマートだ。フライパンを持ったデブなど一人もおらず、ましてやメイドのスカートの中をのぞこうとしているバカなど、どこを探してもいそうにない。日本人は皆ちょんまげを結って着物を着ていると思い込んでいる外人と同じレベルの誤解であった。

金魚鉢を買う

翌日、コップを探してガラス工芸店を回っていたのだが、遂にパトリシアさんが見つけてくれた。私より、パトリシアさんが喜んでいた。店には九個あったので、それを全部買う事にした。典型的なベネチアングラスの色彩で大変に美しい。今年の夏はこれにビールを入れて飲もうと思う。サイダーも良さそうだ。結局何を入れても良いのだろう。

その店にはコップの他にも気になる物があった。それは金魚鉢である。金魚鉢とは言っても鉢だけでなく、中に水も石も水草も金魚も入っているのである。それらが全てガラスで作られている。つまり金魚鉢の中で金魚を飼っている状態をそのままガラスでやってみましたという物だ。これが実にいい。他の店でもこのガラス工芸はよく見かけたが、この店の金魚鉢が一番うまくまとまっている。とても欲しいのだが、値段が高いのである。約三十万円もするのである。普通ならすぐにあきらめる金額なのだが、私と夫は悩んだ。

こういうガラスの
かべ時計をみつけて
「あ、欲しい」と
思ったのに
ひと足ちがいで
売れてしまい
すごく
ざんねん。
あー
売れちゃった
のか…

他の店の金魚鉢の値段を知っていたからである。他の店では、もっと出来の悪いものか或《ある》いはもっと小さいものでも五十万とか六十万位していたのだ。となると、この店の金魚鉢の三十万はお買い得である。しかし、いくらお買い得とは言っても、よ――く考えたら所詮《しょせん》金魚鉢なのである。しかも全て作りモノのニセの世界がくり広げられている金魚鉢だ。それが三十万もするというのだからどうか。

そのような理由で私達は悩んだのである。今回の旅行中にこれ以上悩んだ事はなかったであろう。あ、シャンデリア選びの方が悩んだかもしれないが、まあよい。とにかくかなり悩んだのだ。そしてやっと買う事に決めた。三十万は金魚鉢にしては高いけれど、この先何年経っても見るたびに「ああきれいだね。買ってよかったね」と感じることを思えばいつか元は取れよう。

その日の夕飯はピザ屋に行く事にした。夕暮れの店先に幾つものテーブルが並べられ、ローソクの灯《あか》りと電球の灯りがピザ屋を照らしている。いつもテレビで観るたび〝いいなあ、行ってみたいなァこういう所〟と思う外国の風景がここにある。もちろん、ピザはおいしいしビールもおいしいし、ついでに取ったイカ墨のスパゲッティもおいしい。これが夢でも悔いはない。いい夢みたなァと思うだけだ。

夢ではなかった為《ため》、夫は翌朝腹痛になっていた。だが、段々と治ってきているようである。なぜかと言えばうめく声が聞こえなくなってきたからだ。本人に調子はどうかと尋ねてみたら、やはり治りつつあるという答えが返ってきた。しかし、もう旅は終わりに近い。

今日ベネチアからミラノに移動し、一泊したあと帰国するのである。しかもミラノは本日どこの店も休日で、我々はホテルに待機するだけだ。せっかく治りつつある腹もあまり活躍する事もなかろう。

大変な話

ベネチアからミラノに移動する列車の中でパトリシアさんが面白い話をしてくれた。パトリシアさんはちょうど湾岸戦争の頃、日本に住んでいたそうだ(しかも私達の自宅のすぐそばのアパートに!!)。それでその頃たまたまベネチアに帰ろうとしたのだが、戦争の真っ最中だった為にインドだかベトナムあたりで飛行機が止められてしまい、何十時間も空港のロビーで待たされる事になったという。その空港のロビーで同郷のベネチアの男性三人組と知り合ったのだが、三人とも湾岸戦争のために故郷に戻れなくなってしまうのではないかという不安にかられ、食事中に三人そろってほぼ同時に鼻血をブ――ッと流してしまったというのである。

その話をきいた私と夫は笑いながらも驚いた。「同時にって……どのくらい同時なの？　何分かおきに次々と……っていうかんじでしょ？」と尋ねたところ、パトリシアさんは「いいえ、二〜三秒のうちに全員です。だから本当に同時にでした」と答えた。これは非常にすごい話である。男三人が同時に鼻血を出すなんて、そんな光景は見たことも聞いたこともない。パトリシアさんも、そんな光景は後にも先にも見た事がないし、他に見たという人もいたためしがないと言う。そのうえ、その三人のうちの一人は、やっと飛行機に乗れるかと思ったらクジ引きでハズレて後まわしになってしまい、他の二人より遅れて帰る事になったショックでまた鼻血を出したそうだ。もう、鼻血を流しながら泣いていたらしい。そりゃ泣きたくもなるであろう。こうして私達が笑っていられるのも他人事だからなのである。

……と思っていたら、他人事ではない事態が発生してしまった。ミラノからフランクフルト経由で成田へ帰国するはずだったのだが、ミラノ発フランクフルト行きの飛行機が二時間も遅れた為に、フランクフルト発成田行きのＪＡＬに間に合わなかったのである。

私と夫は急にフランクフルトに一泊する事になった。日本に帰れないショックで鼻血が出そうになった。息子の顔を思い浮かべて泣きたくなった。夫婦そろって同時に鼻血も充分あり得る状況である。

　仕方ないのでフランクフルトを食べに行く事にした。ここはフランクフルトなのだから、本場のフランクフルトを味わうべきなのだ。そう思ってホテルのレストランに行ったが、フランクフルトは全然おいしくなく、ホワイトアスパラの方がよっぽどおいしかった。こんな日に限って夫の腹は完治し、めでたいんだかめでたくないんだかさっぱりわからぬまま、ドイツビールで乾杯したのであった。

バリ島編

バリ島への想い

バリ島といえば、人それぞれいろんなイメージを抱くであろう。パ――ッと青い空の下マリンスポーツをしたいとか、クタビーチで男にナンパされたいとか女をナンパしたいとか、ロブスターをガンガン食べまくりたいとか、よくわからないが若者達はそんな感じを求めて行く島かもしれない。

私にとってバリ島といえば、ウブドゥという村だけに興味が絞られていた。何年か前に誰かから〝バリ島のウブドゥという村には、ものすごく絵のうまい人々がたくさん住んでいてそこはまさしくアート一色の村だ〟という話をきいた。その時から私はバリ島のウブドゥという村に行ってみたいなァと思うようになったのである。それで今回の旅は噂《うわさ》のウブドゥに、ちょいと行ってみようではないか、という事で決まった。旅の支度をコツコツとしていたのだが、出発を目前にしてガルーダ航空機が福岡空港で離陸に失敗して火を噴いたというニュースが飛び込んできた。

おいおいおい、ガルーダ航空といえば、今回の旅行で私達も利用するはずのあの会社ではないか。私はニュースを見ながらかなり不安になった。飛行機事故というものは、けっこう連鎖反応が強いもので、一件事故があると短期間のうちに似たような事故が続けて起こるという統計もあるらしい。

不安ながらも旅支度の荷物の中に、私は水着もすかさず入れていた。ガルーダ航空の事が心配だからって水着を忘れるわけにはゆくまい。事故に遭わなければ着いた所はパラダイスなのだ。アートの村を訪ねる旅だといったって、ずーっと絵ばかりを見ているわけでもなかろうし、泳ぎたくなる事もたまにはあるであろう。

ガルーダ航空機が事故らない事を祈りつつ私と夫は出発した。機内で配られた新聞にはガルーダ航空機事故のことが生々しくトップ記事で載っていた。記事によれば、スチュワーデス達は乗客より早く逃げ出したなどと書かれている。この機内で働いているスチュワーデス達も万一の時は一目散に逃げてしまうのであろうか。今はニッコリ笑っていても、万一の時は……渦中の会社の機内にて、かなり深く静かに私はそんなことを考えていた。夫も追い打ちをかけるように記事を指さし、小声で「……最後まで機内放送は何もなかったって……」とつぶやいた。とりあえず今は何も考えずに眠る事が得策であろう。

グーグー眠っているうちにガルーダ航空機はジャカルタに到着し、一旦我々は飛行機から降りてしばらく待機してから再びバリ島のデンパサール空港まで飛んだ。
デンパサールに着いたのは夜だった。空港では今回のガイドを務めてくれるクリスヌさんというバリ人の男性が待っていた。

ウブドゥのアマンダリホテルへ

我々はクリスヌさんと共に車に乗り、ウブドゥに直行する事にした。デンパサールの空港からウブドゥまでは車で約一時間と遠い。普通ならこのデンパサールで一泊してからウブドゥに向かった方が旅の疲れをやわらげるために良いらしいが、私は一刻も早くウブドゥに行きたかった。真っ暗闇の中をブッ飛ばして走る車の窓から、たくさんの星が見えていた。この中のどれかが南十字星なんだろうなァと思いながら私はずっと空を見ていた。

夜十時過ぎにアマンダリホテルに到着した。このホテルはとても素晴らしいと評判のホテルである。どういうふうに素晴らしいのかといえば、各部屋が一軒一軒バリ風の家になっており、一軒ごと庭がついており塀で仕切られていて、完全なプライベートハウスとして構成されているのである。もっとわかりやすく言えば、ホテル全体が〝高級住宅町内〟になっているのだ。

私達はそのプライベートハウスに案内されて〝おおっ〟とどよめいた。美しい大理石の床のリビング、片隅にはリラックスして寝ころんだりするためのマットエリア、そしてダイニングテーブルにはウェルカムサービスのフルーツ盛りの大皿とシャンペンと花。これだけでも充分よろめく程幸福な気分になれるのだが、アマンダリホテルの実力はまだまだこんなもんではないのであった。

庭にはプールまでついているではないか。このプールは我々専用なのだ。更に暗闇の庭を目をこらして見つめていると、プールの向こう側に小さな屋根つきの休憩所が見えた。プールで泳いだあとは、あの休憩所でジュースでも飲みなさいよという事なのだろう。

私と夫は「いいねいいね」と連発し合いながら、更に部屋の探険を進めることにした。フロ場の方に行ってみると、大きな洗面台が二つあり、シャワー室とトイレがあり、なんと屋外に立派な浴槽が作られていた。我々が「いいねぇ」と騒いだ事は言うまでもない。更に調査を進めてゆくと、洗面所のそばに小さならせん階段があり、それを登って行ったら広々としたベッドルームになっていた。二階にもトイレがあり、夜必ず一回はオシッコをしに行く私にとっては誠に有難い仕組みになっている。

私と夫は夜中だというのにプールで泳ごうと言い出し、次々と水の中に飛び込んで行った。しかし、バリ島といえども標高六百メートルのウブドゥの夜は肌寒く、わずか一分余りでふたりとも水から上がった。「さむいさむい」と言いながら室内に入ったものの、クーラーがビンビンに利いていたのでますます寒くなり、あわてて例の屋外にある立派な浴槽にお湯を汲《く》んだ。

ジッとお湯が溜《た》まるのを待ち、ようやく溜まったのを見計らって入ってみたが、浴槽いっぱいに溜まるほどお湯は出ないらしく途中から水になっていた。なので当然また寒くなった。仕方がないのでシャワーで温まろうと思ったのだが、浴槽でお湯を使い切ってしまったのでもう水しか出なかった。こんな夜中にプールに入ろうなどと思った馬鹿者共のなれの果てといえよう。

私達は室内のクーラーを止め、寒さに震えながらお茶を飲み、「疲れたね……」と言い合い、さっさと眠ることにした。睡眠中、私は案の定オシッコのために一度起き、二階のトイレを利用した。ベッドに戻る途中、暗い室内をさまよいながらベッドのコーナーに足をぶつけて痛くて泣いた。

翌朝、プライベートハウスの庭は夢々しいばかりに輝いていた。昨夜は暗くて見えなかったが、プールの周辺にはブーゲンビリアやハイビスカスや何だか知らぬ名の花々が咲き乱れ、窓の下には人工沼が造られておりハスの花が咲いていた。プールの向こう側の休憩所あたりから、ボンドガールが「ヘーイ、ジェームズごきげんいかが？」とか何とか言いながらビキニ姿で歩いて来そうな気配である。人工沼の中をよく覗《のぞ》いて観察してみると、黒い魚が何匹も群れをなして泳いでいた。アマンダリホテルの沼に住めて彼らも誇り高き一生を送ることであろう。

私は持参した湯わかしポットで湯をわかし緑茶を入れた。どこの国に行く時にも湯わかしポットとお茶っ葉を持って行き、暇さえあれば緑茶を飲むのが私の習慣である。その国に行ったらその国の飲み物を飲んで楽しめばいいじゃないかと言う人もいるだろうが、私は緑茶にて生命力の約四〇パーセント位を維持しているのだ。それを明らかに実証することはできないが、だいたい自分でわかっている。私の生命力は緑茶のビタミン群を欠く事ができない。幼い頃から茶所の清水市で育った私の体はそういうふうにできているのだ。そんなタイトルの本を書いた事もあったなァと、ぼんやり思いながら私は三杯も緑茶を飲んだ。更に飽きずに四杯目を飲もうとしていた時、夫が起きてきたので四杯目は彼にやった。さすがに私も自分で〝四杯目はそろそろ多いかな……〟と少し感じていたので、飲んでも飲まなくてもどっちでもよかったのである。どっちでもよかったお茶を、夫が嬉《うれ》しそうに飲んでいたので〝ああ、どっちでもよかったんだから、あげてよかった〟と思った。このデラックスなプライベートハウスに差し込む朝の光は、どっちでもよかった事さえも幸福に仕立て上げるのだ。その朝の光を利用して、私は昨夜トイレに起きた際にぶつけた足を見た。ぶつけた部分が赤く腫れており、確認後痛さが急にこみ上げてきた。見なきゃよかったと思いながら、一応ツバをつけてみた。ツバが朝日に反射してきらめき、「ああきれい」と思わず言ってしまうのも、このアマンダリホテルならではの事である。

絵を見に行く

ホテルのレストランで朝食を食べた。私はインドネシア料理のナシゴレンとかミーゴレンとかビーフンゴレン等というゴレン類が大好きだ。ナシゴレンはチャーハンのようなもので、ミーゴレンは焼きそばのようなもので、ビーフンゴレンは焼きビーフンのようなものである。それらから察するに、ゴレンの意味するところは恐らく〝焼く・いためる〟という事であろう。だからといって、焼きイモがスイートポテトゴレンと言えるかどうかはわからない。

朝からナシゴレンを食べるのも重いかもなァと思いつつナシゴレンを注文した。夫はミーゴレンを注文していた。

ナシゴレンの上にはすごくおいしそうな艶のある半熟卵の目玉焼きがのっかってお

ああ…毎日コレでもいい…
甘いカクテル。
ナシゴレン。目玉やきがのってる。

り、この料理がまずいわけないという外見を作り上げていた。そしてやはりそれは大変においしくてたまらず、私はバリに滞在中毎日ナシゴレンを食べることに決めた。朝も昼も晩も、とにかく機会があればナシゴレンを食べようと思った。そんな事を言っても、毎回毎回じゃいくら何でも飽きるであろうと思うかもしれないが、実際私は本当にそれを実行したのである。毎回食べていたのに、飽きなかった事を先に報告しておこう。

朝食後、クリスヌさんの案内でウブドゥの人々が描いた絵を見に行く事になった。ホテルから車で約七〜八分の所にメインストリートがあり、道の両側には小さな土産物屋がゴチャゴチャと並んでいる。その土産物屋の半数が絵を売っているアートショップになっており、店先にたくさんの絵が飾られている。こんなに絵があふれている町を見たのは初めてだ。私のみぞおち付近には〝あ〜〜〜、うれしいうれしい〟という感覚の塊《かたまり》がグッと押し寄せていた。

我々は町のアートショップよりも少し大きいギャラリーに着いた。このギャラリーでは非売品のアンティーク絵画が展示されている他、現在活躍中のたくさんの作家の作品が即売されている。バリ絵画には幾つかの典型的な手法があり、非常に細かく描き込まれているものから大胆な構図のものまで様々だ。私はどちらかといえば細かく細かく描き込まれている作品が好きだ。見れば見る程気の遠くなるような細かさの作品の前では人間の成し得る作業の可能性の深さに驚かされる。

何百枚もの作品の中で、一枚の魚の絵が私の心を捉《とら》えた。水中の揺らめきの具合いが実に上手《うま》く表現されている。これはかなりの腕前だ。店の人に「この作家の描いた絵が他にもあるなら見せて欲しい」と頼んだところ、もう一枚出てきた。それも魚の絵だったが、また違う色彩で描かれておりこちらも大変良い。私は夫に「これを二枚とも買おう」と言って店の人に値段をきいたところ「一枚三万円なので二枚なら六万円だ」と言われた。バリでは必ず値切らなくてはいけない。言い値で買ったら大損するのだ。普通なら三割は安くなるし、強気で押せば半額になる。

値段をきいた夫は「よし、今から交渉するぞ」と言ったあと、いきなり「一枚一万円でなら買いたいのですが」と店の人に言った。思い切った事を言ったもんである。一枚三万円の物が、一万円になるはずがないではないか。私はうろたえ、夫に「ちょっと値切りすぎなんじゃないの？」と言ったところ夫は「いや、どうせ交渉するうちに少しずつ高くなってゆくんだから、最初は半額以下から値切るのが鉄則なんだよ」ときっぱり言った。夫の言った通り、交渉が進むにつれ少しずつ値切り額が上がり最終的には一枚一万五千円でケリがついた。それでも店の人の言い値の半額になったのだから夫の交渉は大成功したといえよう。前回の旅行で腹痛に苦しんでいた夫だが、今回の旅行ではなかなか立派な様子だ。昨夜プールに飛び込んで寒がっていた仲間だとはとても思えない。この夫さえいれば今後のバリでの買い物も、みすみす損をせずに済むであろう。

私はこの買った絵の作家に会ってみたいと思った。こんなに上手い絵を描いたのはどんな人だろう、どういう気持ちで描くんだろう、どんな生活の中で描くんだろう……作家に対しての興味は尽きない。クリスヌさんに相談してみたところ、このギャラリーで働いている青年が作家の家まで案内してくれることになった。ウブドゥの作家はたいていウブドゥに住んでいるので、場所さえわかれば車ですぐに行けるらしい。ギャラリーの人の話によれば、この絵を描いた作家はパルワタさんという五十代の男性とのことだ。どうかパルワタさんに会えますように……。祈る私を乗せて車はウブドゥの町を走り、パルワタさんの家に着いた。

全く突然の訪問にもかかわらず、パルワタさんの家族は我々を温かく迎えて下さった。パルワタさんの家は典型的なバリ民家で、ひとつの敷地内に息子夫婦の家や親類の家が幾つか建っていた。小さな子供達が、家の中から私達を珍しそうに眺めている。平和で穏やかなエネルギーが流れている生活である。こんなエネルギーの中でパルワタさんはあの魚の絵を描いていたのか、いいなぁと思う。

パルワタさんはすごくいい顔をしていた。落ちついた、充実した人生を送っている人の顔だ。絵を描く時に大切にしている事は、イマジネーションが湧くための静けさや安らぎの時間だと語ってくれた。パルワタさん自身が静けさや安らぎそのものだと私は思う。パルワタさんの絵が素晴らしいのは、テクニックの上手さに加えてこの人の静けさと安らぎが溶け込んでいるからなのだ。パルワタさんに会えてよかった。ウブドゥに来てよかった。今回の旅行は、何かすごく大きくて大切な体験になりそうな気がする。

パルワタさんの一家と別れを告げ、我々はサルの森に向かった。夫も私も特別サル好きというわけでもなく、その森に行きたかったわけでもなかったのだが、クリスヌさんが案内してくれると言うので行ってみた。予想通り、そこはサルがたくさんいる森だった。たぶん、パルワタさんに会った体験よりもだいぶ軽い比重の体験として私の心の中に記録されるであろう。サルが夫の短パンをわし摑《づか》みにしていた事も。

ラフティングをやる

ウブドゥは山なので、とりたてて若者向きのスポーツはないのだが、谷底の川をゴムボートで下るラフティングが体験できるというのでやってみる事にした。

ホテルから車で約十五分程行ったところにラフティングの受付所があり、そこでヘルメットとライフジャケットとオールを貸してくれる。水着の上からライフジャケットを着て、ヘルメットをかぶりオールを片手にスタート地点まで誘導されて行く。スタート地点まではけっこう歩かなくてはならない。川は谷底にあるので、谷の底まで降りてゆかなくてはならないのだ。だからどんどん下へ向かって歩いてゆく。ライフジャケットを着ているので大変暑苦しい。ヘルメットの中も蒸されている。片手でオールを持ちながら歩くのも負担だ。

ようやく川原にたどり着くと、ゴムボートが待機しているのが見えた。きけば六人乗りのボートだという。インストラクター二名と観光客四名の計六名というチームを組むらしい。

ボートに乗る前に、インストラクターから注意事項の説明がされていた。何かいろいろ緊急事態に備えての説明らしいが、英語がよくわからぬ私はただ聞いているふりをしているしかなかった。インストラクターが、水でおぼれるジェスチャーをしたり、オールの持ち方をあれこれ説明しているのを見ながら、私は〃あとでまとめて夫にきこう〃と思っていた。そのように、わからぬ言語に一応耳を傾けて待機している時間というものは非常に虚《むな》しいものだ。何となく空を見たり川を見たり、暑いなァと思ったり、そのようにしてやりすごしているうちに説明は終わった。

夫に今の説明の内容を尋ねると、川に落ちた時には慌てずあお向けにひっくり返ると浮くようになっているだとか、オールの持ち方だとか、ちゃんときいていなければ命にかかわるような事柄もあったので確認しておいてよかったと思った。川に落ちたりすることもあるのだ。そしたら慌ててはいけないのだ。少々恐ろしい気もしたが、まァ死ぬようなことはないだろう。

私達のボートには、二名のインストラクターと私と夫の他に日本人の二十代と思われる女性二名が乗ることになった。ボートが川の中を進みはじめたとたん、若いふたりの女性はキャ――ッと悲鳴を上げ出した。若い女性ならではといった悲鳴だ。私は若い頃から三十一歳の現在に至るまで、このような乗り物ではあまり悲鳴を上げない方だ。どちらかといえばカエルの死体とかそのような物を見た時の方が悲鳴を上げる確率が高い。悲鳴の出し時も人それぞれといったところか。

インストラクターの指示により、オールを前こぎや後ろこぎに使いわけ、ゆるやかな流れの場所も急流もぐんぐん乗り越えて進んでゆく。急流では必ず若いふたりの悲鳴が発せられ、ああ、今は急流を越えているのだなァという実感が湧く。悲鳴も急流越えの景気のよい合図みたいに思うとなかなか良いものだ。

途中、夫が一度川に落ちそうになった。私はとっさに機転をきかし、夫の腕を摑んで引っぱってやった為に彼は危機を脱出した。夫は「ああ助かった。ももこのおかげだ」と感謝していたのでこれは好都合だと思い、私はそれ以来バリにいる間中ずっとこの一件の恩を夫にきせ続ける事にした。夫と口論になりそうになる度に「あの時私が助けなけりゃ、今ごろアンタ死んでたね」と言うと夫は「……うむ」と黙るので便利である。

ボートから眺める景色はとても楽しく、崖に茂る木々の下をすすんでゆく気分はドリフのコントの探検隊そのものであった。自分中心にメンバーを決めさせてもらうと、まァ私は加藤茶で夫がいかりや長介、若いふたりが志村けんと荒井注でインストラクターが仲本工事と高木ブーといったかんじである。正直いって、私が加藤茶ということさえ自覚していればあとは誰がどうでも何でもいい。加藤茶の気持ちでこのボートラフティングの最中、ときどきカメラマンが岩の上などに待機しており、カメラの前ではみんなこういうポーズをとらされた。

に乗ってすすんでゆく事が肝心なのだ。だから夫に「おい、こぎ方が逆だよ」と注意されたりした時などは心の中で「アいかりやに、ア怒られた」とつぶやく。ドリフ世代は仕方ないのだ。

ちょっとしたスリルや美しい景色を味わいながら約二時間の川下りは終わった。なかなか面白かったなァと思いつつ、ビールを飲んだ後に車の待つ場所に戻るために歩き出した。少し歩いてハッとした。川は谷底にあるのだ。だから行きの時はどんどん降りて行ったが、ひょっとして帰りは登るのだろうか……？

やはりそうであった。容赦なく階段が続いている。降りた分だけ登るのである。登らなければ道路に着かないのである。容赦なく階段が続いている。階段の果ては全く見えない。ラフティングを終えて疲れた体でこの階段を登り続けるのはかなり辛い。この帰り道の事を最初にきいていれば、私はラフティングなどしなかったと思う。

夫も私も無口で歩いた。無駄口をたたく暇があったら階段を登るエネルギーに回したい。階段の所々で地元のバリ人がくだらない土産物をしつこく勧めてくるのが大変にわずらわしい。こんな極限状況で歩き続ける私達が、どういう了見で途中で足を止めて土産物など買うものか。頼むから声をかけないで欲しい。そんなヒマに背中のひとつも押してくれと思う。車の待つ場所に着く頃には足がガクガクになっていた。その日の午後は何もする気が無くなったので、買い物等の予定を全てあきらめマッサージの予定を入れて半日ゆっくり休む事にした。

バリのマッサージはなかなか良い。ちゃんと力を入れて指圧してくれる。足の裏を念入りに揉《も》みほぐしてくれるのも実にうれしい。

夕暮れの空が段々と窓の外の山を染めてゆく頃、どこからともなくガムランの演奏がきこえてくる。とても切ない気分になる。

この切なさの根源は何だろう。単にガムランと夕暮れの空のせいではない。私はバリに着いた時からずっと心の奥底で言い知れぬ切なさを感じ続けていた。その根源を見つけようと思って折に触れては考えていたのだがなかなか見つからない。決定的な答えではないが、この切なさの根源になっている要素と思われるものはたぶん自分の生命の起源とかそれにまつわる孤独さとか、その辺の事だと察するがうまく言えない。かつて戦場だったこの島で死にゆく兵士はバリに沈みゆく夕日を見ながら何を思っただろうか。そして変わらぬ夕日を今の私達は美しいと思って見ている。そんな気分も切ない要素のひとつにある。

切ない切ないと思いながらも私は夕食にナシゴレンをうまいうまいと言いながら食べた。ついでにビーフンゴレンも食べたので腹がいっぱいになり本当に切なくなった。

切ないどころかもはや苦しい。まだ夜の十時すぎだったが、私はさっさと眠ることにした。

アグン・ライ氏に会う

翌日、ガイドのクリスヌさんに連れられてアグン・ライ氏という人のミュージアムに行くことになった。アグン・ライ氏という人はまだ四十代の若さなのに多くの事業を手がけて成功させている実業家だそうだ。立派な人なのだろう。クリスヌさんも「アグン・ライさんは立派です」と言っているので間違いない。

アグン・ライ・ミュージアムに着くと、噂のアグン・ライさんが現れた。偉そうな背広など着ておらず、非常にラフな服装で親しみやすい笑顔の中に貫禄《かんろく》がありカッコ良い。立派な人というのはこうあってほしいものだ。

アグン・ライ氏自身が私達にミュージアムの中を案内してくれた。ミュージアムの中にはアンティークのバリ絵画から現在活躍中の画家の絵まで豊富に展示されており大変に見応えがあった。私はその中のアリミニさんという女性の作家の絵が気に入った。アグン・ライ氏の話によれば彼女はまだ三十四歳の若手作家だがとても才能があり、インドネシア内ではわりと有名な方だと教えてくれた。三十四歳といえば私と三歳しか違わないではないか。彼女はどんな所でどんなふうにこの絵を描いているのだろう。私はアリミニさんの事をもっと知りたいと思った。そして、もしできればアリミニさんの描いた絵が欲しいし、彼女に会ってみたい。

アグン・ライ氏に彼女の絵が欲しい旨を告げると、アグン・ライ・ギャラリーのほうに行けば売っていると教えてくれた。彼女の絵はきっと高いだろうが、もし購入可能な金額なら買って帰りたいので我々はギャラリーのほうへ行ってみることにした。

ギャラリーは、アグン・ライ氏の奥さんがきりもりしていた。すごい美人の奥さんである。さすがアグン・ライさんだ。どこでどうやってこんな美人を見つけたのだろう。仕事も結婚も成功したアグン・ライさん。あとは子供が不良にならないことと家族の健康を願うばかりであろう。

ギャラリーの中に、一枚だけアリミニさんの描いた絵があった。30インチのテレビ画面くらいの大きさの絵なので見応えがある。もちろん素晴らしい出来ばえだ。これはかなり高いだろう。五万や十万で買えるとはとても思えない。奥さんに、あの絵はいくらですかと尋ねると三十七万円だという答が返ってきた。やっぱりね、そのくらいはするだろう。私と夫は考え込んだ。ベネチアで金魚鉢を買おうかどうか考え込んだ時と同じ状況である。

日本の相場で考えれば、名の知れた作家の絵がテレビの大画面サイズで三十七万というのはそれほど高いほうではない。むしろお買い得なほうである事を私は知っている。だが、ここはバリだ。バリの買い物は値切りが肝心なので夫はアグン・ライ氏の奥さんを相手に大幅な値切り交渉に出る事になった。

彼は奥さんに向かって三十七万を十七万にしてほしいという大胆な発言をした。これには奥さんならずとも、彼の奥さん（つまり私）も驚いた。アナタ、そりゃちょっとべらぼうでしょう、とアグン・ライ氏の奥さんは英語でたぶんそう言った。私も心の中で日本語でそう思った。

奥さんの美しい顔が困惑の眉の形になるのを見るのが辛い。この美しい人を困らせてはいかんと思い、私は夫に「もう高くてもいいから買おうよ。お願い」と耳打ちしたのだが夫は「欲しそうな態度を見せちゃダメだよ。こちらの予算とあまりに合わなければ買えない、という強い態度でしっかりしているのが大切だ」と小声で私に言った。

夫と奥さんの交渉が続く中、私は不安になっていた。もしも交渉が決裂してアリミニさんの絵が買えなくなってしまったらどうしよう。私はどうしてもあの絵が欲しいのだ。もういくらでもいいじゃないか。そんなふうに思っていたが夫の交渉はまだまだ続行中だ。

何度か決裂の危機を迎えながらもアリミニさんの絵は二十万で購入する事に決まった。三十七万から二十万になったのだから夫の交渉は大成功したといえよう。交渉中は眉を曇らせていた奥さんも、交渉成立後はケロリと再び美しい笑顔に戻っていた。

私はうれしかった。アリミニさんの絵をどこに飾ろうかな、と早速考え始めていた。アリミニさんに会ってみたいという希望をガイドのクリスヌさんに伝えると、彼はギャラリーの人にアリミニさんの住所をきいてみてくれた。しかし、ギャラリーの人もアグン・ライ氏の奥さんも、彼女の住んでいる村しか知らず細かい番地まではわからなかった。やはりそう簡単には会えないのだろう。私が諦めかけているとクリスヌさんは「村がわかれば家を見つける事ができると思います。明日、デンパサールに行く途中に探してみましょう」と言ってくれた。こんな面倒な観光客の要望にもできる限りの事をして下さるクリスヌさんの気持ちが有難かった。

アグン・ライ・ギャラリーの受付付近ではバリ絵画の作家達が絵を描いていた。五～六人の男性が真剣に細密画に取り組んでいる。粗末な絵の具と竹の棒の先をナイフで削った物を使っている。日本の小学生が持っている絵の具箱の中身のほうがよほど立派な物が揃っていると思われる。だが、絵は画材ではなく腕なのだ。この粗末な画材から彼らの腕を通過して出来上がる絵の出来ばえがそれを物語っている。

　クリスヌさんに勧められて、私と夫もバリ絵画に挑戦してみた。お手本の絵を一枚拝借してマネをして描いたのだが、鉛筆で下描きをする段階から腕の悪さが目につき、竹の棒で主線《おもせん》を描く段階ではもう描く気も失せていた。これ以上この人達の前で恥をかくのはごめんである。

カフェ・ロータス

　アグン・ライ・ギャラリーの帰り道で、カフェ・ロータスという軽食店に寄った。ここの店が実に感動的なのである。店の奥の方に広い広い中庭があり、この中庭いっぱいに大きな池が造られており、たくさんのハスが植えられているのだ。池の向こう側には古い寺院のような建物があり、夕暮れのそれらの風景はまるで幻のように思える。何人もの旅人がこのカフェには感動したであろう。そして私のようにトロピカルフルーツのミックスジュースなどを注文し、おいしいなぁと思いながらこの景色を眺めて良き思い出にしているであろう。
　カフェ・ロータスから外に出ると、バリの老若男女達がエキゾチックな衣装を着て、長い行列をつくって歩いていた。何かの祭の行列であろう。バリは神様を大切にする島なのでこのような行列はよくある光景らしい。「兼高かおる世界の旅」を生《ナマ》で見ている気分であった。「なるほど!ザ・ワールド」だったら、レポーターのタレントがこの行列に参加したりするのである。

今夜でこのウブドゥともお別れだ。明日はデンパサールに戻り一泊してから日本に発つ。夕食にまたナシゴレンを食べてしまった。毎日ナシゴレンを食べていたが、アマンダリホテルのナシゴレンもこれで食べ納めかと思うと切なくても苦しくても全部平らげた。何か知らぬカクテルもおいしかったので三杯飲んだ。酔った頭にガムランの音が気持ち良く流れてきたので、部屋に戻って眠ることにしよう。部屋に戻るまでの間、夜空には数えきれない程の星がきらめき、月は私の一番好きな形で浮かんでいた。

アリミニさんをたずねて

ウブドゥを発つ朝がきた。私は朝早く目覚め、ゆっくり緑茶を飲んで部屋から見える景色を眺めていた。その後プールに入って少し泳いだ後、シャワーを浴びて果物を食べようとしているところに夫が起きてきた。夫は私がプールに入って泳いだ事を知ると、別に水泳がそれほど好きというわけでもないのに急に

最後だから自分も泳ぐと言い出し、「もうそんなに時間がないからよしなよ」と止める私の手を振り払ってプールの中に飛び込んで行った。彼がプールに入ったとたん、それまで照っていた太陽は雲に隠れ、何となく肌寒くなった。夫はプールの中で震え上がり、太陽よ照ってくれ等と祈っていたが太陽はしばらく隠れっぱなしになっていた。どうもプールにはツイてないようである。

荷物をまとめている時、アリミニさんの絵が私の手元にあるのがうれしかった。今日、もしも彼女に会えたらいいな、と思う。

ロビーではガイドのクリスヌさんが待っていてくれた。ホテルのカフェでトロピカルジュースを飲んだ後、車に乗ってデンパサールの方へ向かった。

少し走った所で、クリスヌさんが「この辺がアリミニさんの住んでいる村です。ちょっとその辺の人にきいてみましょう」と言って車を降り、道を尋ねてきてくれた。どうやらクリスヌさんはアリミニさんの家の場所がわかったようである。私はときめいた。

アリミニさんの家はすぐに見つかった。クリスヌさんと共に門をくぐると、いきなりアリミニさんが居た。小柄で少しはにかんだような笑顔は、私の大好きな友人のおーなり由子《ゆうこ》さんと似た印象であった。ひと目で私はアリミニさんが好きになった。クリスヌさんがここに来た事情を話してくれると、アリミニさんはとてもうれしそうな顔で照れ臭そうに笑っていた。

アリミニさんはまだ独身で、親や兄弟やその子供達と一緒に暮らしているようだ。かわいらしい子供達が三～四人、庭をウロウロしながら私達の方を見ている。日本人が家に来ることなどめったにないから珍しいのだろう。

私は昨日買ったアリミニさんの絵を本人に見せ、「これはいつ頃描いた絵ですか」と質問すると、十七年前に描いた絵だという答が返ってきた。私は大変に驚いた。十七年前といえば、現在三十四歳の彼女がまだ十七歳の頃に描いた物ではないか。十七歳でこの絵が描けるだろうか？　すごい才能である。現在の彼女も、十七歳の頃の彼女も、腕前に変化が無い。もともとものすごく上手い人なのだ。恐れ入りましたという言葉をバリ語で彼女に伝えたかった。

彼女は只今《ただいま》制作中の絵も見せてくれた。鉛筆で描かれている下絵にも狂いがなく、ペンで描かれている主線も、うす墨でつけられている濃淡も全て完璧だった。素晴らしいアーティストである。一枚描き上げるのに、大体十カ月位かかると言っていた。そりゃそうであろう。これはその位の時間が必要だ。

彼女のアトリエは庭の片隅にあった。小さな屋根だけついていて、机は地面に直接置いてある。古びたパレットに使いかけの絵の具が何色かのったままになっており、筆が二〜三本転がっている。小さなランプとラジオが置いてあり、スケッチブックは閉じられていた。彼女は毎日ここで絵を描いているんだなぁと思うと全てがいとおしく思えた。この小さな優しい彼女は、この屋根の下で、この庭を眺めたりラジオをきいたりランプの光をチラリと見たりしながら、何年間も何年間も夢中で絵を描いていたのだ。私が遠い日本のどこかで、漫画家になりたいと夢を抱いていた頃も、恋をしたり泣いたり、仕事に追われたり子供を産んだりしていた日々も、彼女はこの庭のアトリエで素晴らしい絵を描いていたのだ。彼女のこの場所にはゆるぎない静けさと温かさと情熱があふれている。

彼女の部屋に、ノート位の大きさの絵が二枚あったので、私はそれをもし彼女が売ってくれるものなら購入したいと申し出た。彼女は快く了解して下さり非常に良心的な値段で売ってくれた。私がお金を支払い、彼女にお札の枚数を確認して下さいと言うと彼女は「確認しなくても、信じているからいいんです」と言ってくれた。

私達はアリミニさんに別れを告げ車に乗った。陽のあたる家の前で、彼女はずっと手を振ってくれていた。よかった。彼女に会えて本当によかった。日本に帰ったら、私は彼女に一緒に撮った写真と色鉛筆を送ろうと思った。そして、いつかぜひ私のう

アリミニさんの、庭にあるアトリエ。

ちに遊びに来てもらいたい。言葉はあまり通じなくても、私と彼女はきっと一緒に絵を描いたり散歩に行ったりお茶を飲んだりして楽しく過ごすだろう。そういう事も手紙に書こうと思った。

デンパサールに着く

デンパサールに着き、我々は遅い昼食をとる事にした。町の小さな食堂に入り、またしてもナシゴレンを注文してしまう我が身を情けなく思いながら既に心はこの食堂のナシゴレンに期待していた。クリスヌさんは「こんな食堂でいいのですか」と気を遣って言ってくれたが私はこんな食堂も好きなのだ。屋台だっていい。台湾の屋台のジュースを飲んで食中毒で死にかけたキャリアのある私など、クリスヌさんに気を遣っていただくような女ではない。

その食堂のナシゴレンもすごくおいしかった。私は今まで自分の大好物はスシとシーチキンだと思っていたが、本当はナシゴレンなのかもしれない。いや、大好物の中にナシゴレンも入れるべきだ。これから誰かに好物をきかれた時にはナシゴレンも入れよう。こんなにおいしいナシゴレンが、この食堂ではたったの二百円だか三百円で食べられるのである。五杯食べても千五百円だ。東京の家を売り払ってバリに住み、毎日ナシゴレンを食べながら遊んで暮らしたらどうかと少し本気で考えてしまう。

夕方、バリの伝統的なケチャック・ダンスを観た後、ホテルに到着した。バリ・ヒルトンのスペシャルルームは広くてゴージャスでトイレもふたつ付いていた。窓からは海が見え、潮の香りも波の音も南国ムードそのものである。

　このホテルの日本食は大変充実しており、鉄板焼きやスキヤキやスシのコーナーが独立している。私達は鉄板焼きを食べた後、スシ屋のカウンターに移動してスシも食べた。ナシゴレンも良いが、やはりスシも良い。タイ人の板前さんもしっかり修業を積んだようでとてもおいしかった。

タラソテラピー

　翌朝、ホテルをチェックアウトした後、私達はタラソテラピーをやるために別のホテルに移動した。タラソテラピーとは、海藻を使ったエステのようなものらしい。何だかよくわからぬが、とにかく体にはいいようだ。体にいいときけば私は興味がある。そのうえ気持ちもいいらしい。体も気持ちもいいものなら、それにこした事はないので早くそのタラソとかを体験してみたい。

　目的地のホテルに着き軽く昼食を済ませた後、夫と私は水着に着がえてタラソテラピーをうける事になった。まず泡風呂に入れられた。お湯の香りが海藻くさかったので海藻のエキスが入っていたのだろう。二十分か三十分もそこに入っていた。まだかなァまだかなァと三十回位思ったところでやっと出るよう指示された。次に個室に入れられて、係の女性に水着を脱ぐよう指示されたので本当は恥ずかしくて嫌であったが仕方なく脱いだ。何をされるのかと心細くなっていると、ベッドに横になるよう指示されたので何だかますます心細くなった。するとその女性は何やらドロドロの物を私の体にハケで塗り始め、全身ドロドロにした後、サランラップで私を覆《おお》い、その上から熱のこもったシートのような物を更に覆いかぶせてきた。そしてこのまま二十分間そうしていろと女性は言い残し個室から去った。

二十分間も、何かドロドロした物にまみれてサランラップにくるまれて熱いシートの下にいるというのはやるせないものである。静まり返った個室の中で、孤独に蒸されている自分は何か。ああ、今はこんな事をしているのに、今日の夜には飛行機に乗って日本へ向かっているなんて信じられない……。二十分間待つ間、とりとめもなく色々な事を考え続けた。息子は元気だろうか、アリミニさんは今日も絵を描いているだろうか、夫は今どこで何をしているだろうか、そして私の体はこのドロにより何かいい事あるのだろうか……。

頭がボーーッとしてきた頃、シートをめくられサランラップをはがされ、シャワーを浴びるよう指示された。水着を着るとすぐに個室から外のプールに連れてゆかれた。プールの中には既に夫が入っていて、隅のほうでボケーーッと突っ立っていた。泳ぐでもなく楽しそうなわけでもなく、ただ突っ立っているのである。彼は一体何をしているのだろうか。夫といえども不可解な様子なので一応尋ねてみたところ、「係の人にきけばわかるよ」と突っ立ったまま答えた。なるほど、むこうの方で係の人が私を呼んでいるので指示をきいてみる事にした。

係の人の話によれば、プール内のあちこちにジェット噴射がついているので、それらを順番に回って体の各部所にあててゆけという事らしい。夫が突っ立っている場所は、足にジェット噴射をあてる所なのだ。だから彼はああやってただ突っ立っているように見えても自分の足に的確にジェットをあててほぐしているのだ。

プール内にはそのようなジェット噴射がたくさんあるため、全部回るのには時間がかかった。時にはジェットではなく激しく水に打たれなければならない場所もあり、プールといえども修行感が味わえる。

プールの後はオイルマッサージをしてもらったが、これは気持ち良かった。正直言ってこれだけでもいいと思った。その他、足だけを冷水と温水に交互に入れたりする意味不明の事もやらされたが特に効果は感じられなかった。最後にサウナを勧められたがもう充分だったので私は夫よりひと足先にエステから出た。

バリ青年

　終了予定時刻より三十分程早かったので、ロビーにはクリスヌさんもいなかった。仕方ないのでロビー付近の土産物のショーケースでも眺めていると、ホテルの従業員と思われる若いバリ青年がにこやかにこちらに近づいて来た。何か用かな？　と思っていたら、彼は日本語で「一人で来たのですか？」と尋ねるので私は「いえ、ちがいますけど」と答えた。彼は次々と色々な事を話しかけてきた。どうやら私に気があるような感じである。これは私の勘違いではない。明らかに彼は私を口説《くど》いている。……私は困った。そういう事には余り慣れていないほうだからである。私は三十一歳で、もうとっくの昔に結婚していて二歳になる息子までいます、と言ったのに彼は信じてくれなかった。本当は二十五歳位ではないか、と言い張るのである。本当は二十五歳だったら、誰が三十一歳だなどというウソをつくものか。本当に二十五歳だったら胸を張って二十五歳と私は言うであろう。たまたま私が結婚指輪をしていなかった為、彼は「あなたは本当は独身でしょう」と言い出したので私は

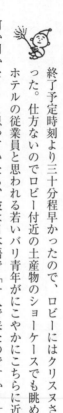

ますます困った。指輪こそしていませんが、本当に私は結婚していてもうすぐ夫がエステから出てくるんですよ、そして息子だって本当にいて、私はあの子を産む時には帝王切開の手術をしたのでこの下腹には傷までちゃんとあるんですよ、と私は言わなくてもいい手術の事までこのバリ青年に話してしまった。何の因果で腹の傷の事までタラソテラピーのホテルの従業員にバラさなければならないのか。口説かれ慣れていない者が急に口説かれるとこうなるのである。野暮ったいったらありゃしない。

私の腹の傷の話をきいてもまだ彼は信じてくれず「あなたはひょっとして、バリ人を恐れているのでしょう。バリ人は嫌いですか」と言うので私は頭をかかえんばかりに困った。

バリ人が好きとか嫌いとかそういう問題ではない。もし私が独身で、独り旅でもしていたら、この青年もなかなかハンサムだし一晩や二晩共にしたっていいだろう。よっぽど好きになりゃ結婚だって考えるであろう。だが私はさっきから言っているように三十一歳だし夫はいるし手術して腹を切って子供を出して育ててそれがもう二歳にもなっているのだ。

私は沸騰寸前になり、スカートをまくって腹の傷を見せようかとすら考えたがそれはどうにか思いとどまった。悪いけど今晩日本へ帰るのでさようならと彼に告げ、仕方ないので地下のエステの場所に戻った。

しかし、こんな私があのようなハンサム気味な青年にナンパされるというのも、もしかしたらタラソテラピーが効いたのかもしれない。日本人の若い女性は、バリ人の青年から人気があるという噂はきいていたが、こんな私ですらそんな目に遭うのだから、バリ青年とアバンチュールを楽しみたい人はタラソテラピーをやると尚更《なおさら》ラブチャンスがつかみやすくなるに違いない。バリ人の青年はハンサムが多いので、火遊びから本気《マジ》まで、病気にならないように注意しながら恋をしに行くのもまた一興であろう。

予定通り、夜には私達は飛行機に乗って日本に向かってまっしぐらに空を飛んでいた。家に帰ってからアリミニさんの絵を見るのが楽しみだ。そして腹を切って出して育てた息子の顔を見るのも。

アメリカ西海岸編

ヒロシの夢

むかしむかし、もう二十年位前のことになるが、当時小学生だった私は父ヒロシに「世界で一番行ってみたい所はどこ?」と尋ねてみたところ、父は「オレはグランドキャニオンを見てみてえなァ」と答えた。

おお、グランドキャニオンかァ……と私は幼心《おさなごころ》に少し感動をおぼえた。この呑気者の父がどんな事を言うのだろうと思っていたら、あまりにも正統で雄大な場所を迷わず指定したことに感心したのである。そしてそれは、この呑気でおおらかな父にピッタリだとも思った。言われてみれば確かに、グランドキャニオンは一度見てみたい景色だ。それまで特にグランドキャニオンのことは気にしていなかったが、父の発言によりその夢は私の秘かな夢にもなった。

二十年経ち、私は父ヒロシをグランドキャニオンに連れてゆこうと思いたった。グランドキャニオンはアメリカ西海岸にある。今回の旅行はそっち方面に決めた。

ヒロシの様子と私の心境

私が父に「一緒にグランドキャニオンに行こう」と言うと、やはり非常に驚いた。そりゃそうであろう。何かいい事ありそうな予感など特にない平凡な日々を送っていた者に、ある日突然「キミの夢を叶《かな》えてやろう」と魔法使いが現れたようなものだ。私は父ヒロシに二十年前にグランドキャニオンに行ってみたいと言っていた事を覚えていた旨《むね》を伝えるとヒロシは「おれはそんな事を言ったのか。あー、言っておいてヨカッタ」と自分の発言に酔い痴《し》れていた。

ヒロシは本当にうれしそうであった。これまでの彼の人生では、別にうれしい事などたいしてなかったに違いない。おそらく彼の人生の中で一番のクライマックスがやってきたといえよう。彼は六十歳を過ぎて初めてパスポートをとってきた。ズボンのポケットから得意そうにパスポートを取り出して私と母に見せた時のヒロシの顔はまさに人生最大のクライマックスが近づいている者の表情であった。

一方私は、旅行が近づくにつれ少し不安になってきた。今までヒロシに対して何か親孝行らしき事をひとつもしていなかったのに、急に一緒にグランドキャニオンに行こうと思いつくなんて、ひょっとして死ぬんじゃないか……という思いがよぎった。

人からきいた話では、グランドキャニオンに行くにはラスベガスからセスナかヘリコプターで飛ぶのだが、それがけっこう揺れるらしい。落ちる事もあるだろう。もし、この旅行で私達の乗ったセスナかヘリコプターが落ちたら、スポーツ新聞などに『まる子、親孝行がアダに!!』とか『まる子、父ヒロシと夫と共にグランドキャニオンに死す』というような見出しが書かれるであろう。そして見出しの横のほうにまる子とヒロシのアニメ用のセル画が転載されたりし、その下に小さく©さくらプロダクション・日本アニメーション等と書かれたりするのだ。せっかくの御好意でこんな企画をして下さった集英社の皆様も、そんな葬式に来るはめになったらどんなに重い気持ちであろうか。そして残された私の母と小さい息子はこの先どうやって生きてゆくのか……ああ、まだ死んではいけない、特にグランドキャニオンみたいな複雑な地形の場所で死んだりしちゃ捜索も大変だし、絶対にいかん、と弱気になったり強気になったり私もいろいろと忙しい精神状態であった。結果的には、「まァ死にゃしないだろう」という気持ちに落ちついたが、念のため、伝えたい事がある友人や知人には行く前に手紙を書いたり電話したり会ったりしておいた。吉本ばななさんなどは、非常に多忙だったのにムリやり時間をつくって会ってくれた。賀来千香子《かくちかこ》さんとも電話で二時間余り話し、最後に「さくらさん、元気で帰ってきてね、死なないでね」と念を押してくれた。

ヨセミテ公園

そのようなわけで、夫と私とヒロシはサンフランシスコ行きの飛行機に乗っていた。

サンフランシスコまで飛行機で約九時間程だというのに時差は日本と十六時間もある。もっと遠いヨーロッパの方が時差が少ないのはどういうわけかと思うがそれが日付け変更線のせいなら仕方あるまい。

サンフランシスコの空港では井上さんという男性がにこやかに待っていてくれた。この方が今回の旅行の前半をガイドして下さる頼もしき人である。

我々は空港の近くの中華料理店で昼食をとったあと、すぐに第一目的地であるヨセミテ公園まで車で直行することになった。ヨセミテ公園というのは公園とは言うものの、すべり台やブランコがあるような公園とは全く違い、何十キロにもわたる自然が織りなす美しい景色がみられる自然保護区域なのである。話によれば、そこには世界で一番大きい木もあるらしい。私は世界で一番大きい木を見るのが楽しみだった。清水市に住んでいた頃、自宅の近所の「こくぞうさん」という神社の木もずいぶん大きいなァと思い、こんな清水市の片隅のこくぞうさんの木ですらこれほど大きいんだから、世界で一番大きい木なんてどんなに大きいんだろう、見たいなァと思っていた。それがヨセミテにあるというのだから気もはやるというものだ。

サンフランシスコの街からヨセミテまで約四百キロ、それを井上さんの運転するカッコイイ車でブンブンとばして行った。アメリカの道は広いし渋滞もない。暴走族の言うところの〃ぶっちぎりだぜ〃という気分がこれだ。

ヨセミテに着いたのは夕方六時頃であった。だが七月の西海岸の日没は遅く、まだまだ明るい。ヨセミテ内に一歩入ると、その岩肌は〃何億年もかかったんだろうなァ、アレは〃と思わせるような美しい縞模様《しま》になっていたり、乳白色の輝くような壁面が急に現れたり、山かと思うほどの大きな石がゴロゴロ転がっていたり、何を見てもハッとしてしまうような驚きでいっぱいである。井上さんが「おととい、この場所で落石事故があり、ひとり亡くなりました」と言って大きな石を指さした時にも大変ハッとした。

見晴らしの良い展望台に着くと、滝や山肌がまとめて見え素晴らしい景色であった。その景色を黙って見ている父ヒロシを見て、私はフト「……まさか、おとうさん、ここをグランドキャニオンだと思っているんじゃないでしょうねえ……」という疑惑が

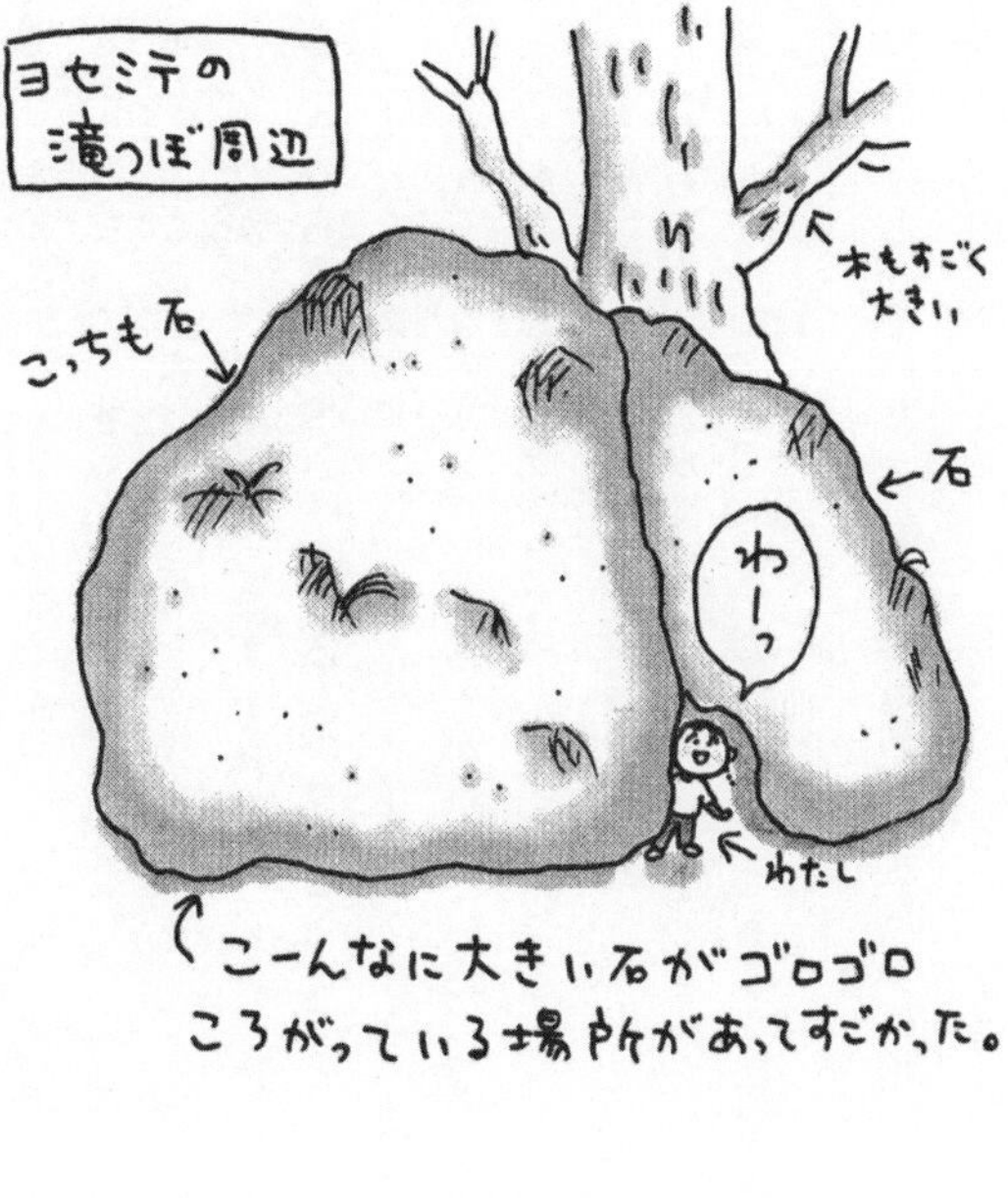
ヨセミテの
滝つぼ周辺
木もすごく
大きい
こっちも石
石
わーっ
わたし
こーんなに大きい石がゴロゴロ
ころがっている場所があってすごかった。

湧いた。普通なら間違えないと思うが、父ヒロシなら間違えている可能性は高い。私は父ヒロシに近づき「おとうさん、一応言っておくけど、ここはグランドキャニオンじゃないからね」と知らせてみた。すると父は「そうだよなァ、ここはグランドキャニオンとちょっと違うもんなァ。だけどここもなかなかいいな。で、ここは何てぇところだ？」と言ったので私がコケた事は言うまでもない。やはり一応知らせてやってよかった。ここはさっきからみんなで言っているとおり、ヨセミテという所ですよ、と私は念入りに教えてやった。父ヒロシは、ヨセミテ？　へー、あんまりきいた事がないけれど、アメリカじゃ有名なのかなァとか何とか言っていたので、私はたぶんアメリカじゃ大変有名な場所だと思うよと告げた。

父は遠くに見える滝を指し、「あの滝は千メートルだっていうけどよォ、あんなてっぺんの高《たけ》ぇ所のどこからあんなに水がでてるのかなァ」とつぶやいた。本当にその通りだ。言われてみれば不思議である。あの崖の上になんであんなにたくさんの水があるのだろう。

父ヒロシの疑問は私にはとうていわからなかったのですぐに夫に相談してみた。夫は野生のリスをみつけて写真を撮ろうとしているところであったが、その手を休めて質問の答を考え始めた。「う――ん……」夫もかなり苦戦しているようである。あの滝の水源は一体何か。

とうとうガイドの井上さんに尋ねる事になった。井上さんの話によれば、ヨセミテの山々からの雪解けの水や雨水などが元となっているとの事であった。しかし、私にはまだよくわからなかった。あの崖の上にどうやって雪解け水が流れてくるのか。あの崖の上は一体どうなっているのだろう。川があるような平野になっているのか。でもとてもそうは思えない。

私がまだいぶかし気な顔をしていると、井上さんは「明日、ヨセミテ全体を上から眺められる場所に御案内しましょう。そこから見るヨセミテは最高ですよ」とおっしゃった。この展望台よりももっとまとめてヨセミテが見える場所があるらしい。そこに行けば滝のナゾもわかるかもしれない。

ところで、大きい木はどこにあるのだろう。私は井上さんに「世界で一番大きい木はどこにあるのですか」と尋ねたところ、このヨセミテの中にあるのだけれど、今いる場所から一時間位車で走った所にあるので明日にしましょう、という事であった。ヨセミテ公園は広いのだ。ちょいと大きい木を見たいと思っても、物のついでに見れるものではないのである。こくぞうさんとはいよいよ違うなァと身がひきしまる思いであった。

その夜、夕食を終えてレストランの中庭に出てみると、漆黒の闇の中にものすごくたくさんの星がでていた。まるで星の輝く音まできこえてきそうなほどであった。しかし実際にきこえていた音は、牛ガエルのグォーグォーという鳴き声と、父ヒロシの「すげぇ星だな」という声だった事を記しておこう。

翌朝、私は大変早く起きた。そしてまだ皆が眠る中、朝もやをかき分けてひとりで滝つぼを見に行った。宿泊所から滝つぼまでの道のりは徒歩で約十五分、その間坂道を登り林を通りぬけ、寂しい小道を駆けぬけたり、自分はどうして朝っぱらからこんな所をウロウロしているんだろうという想いにかられたりもした。しかし、滝つぼに着いた時にはサーーッと全ての苦労が報われた。朝の光の中に力強く跳ね返る水よ、音よ、何万年も昔からここで繰り返されているこの光景よ、見れてよかった滝つぼよ、それが十五分間苦労して得た感想である。たいした苦労ではないわりに得な感想を持てたものだ。早起きは三文の得というのはこういう事を言うのだ。

ヨセミテ全景と大きい木

朝食をとった後、我々はすぐに〝ヨセミテをもっとまとめて上から見える場所〟に向かった。上から見るためにはどんどん上に行かなければならない。もちろん車で行くのだが、何しろ山の上まで行くのだからカーブも多く途中で少し酔いそうになってしまった。井上さんの話では、この山の上まで行く人はあまりたくさんはいないそうである。わかる気もする。

やっと着いたので車を降り、見晴らし場の方へ歩いて行った。すると、ヨセミテのもっともっと全体が、急にパッと開けて見えた。「おおおっ」私は感動した。昨日見た展望台からの光景なんて、この光景から比べればどうでもいい景色である。今、眼の前に広がるこの景色を見なければヨセミテに来たかいがないというものだ。

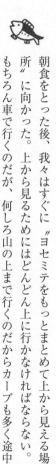

白く美しい曲線で連なる山脈がはるか遠くの空で交わり、雄大なのに優しい景色を創り出している。人の力では絶対に創り出せない圧倒的な力を感じる。

滝の水がどうやって流れてくるのかもわかった。崖の上は広い平野になっており、それが近くの山脈につながっていて、その山脈も次々と遠くの山脈につながっていたのだ。これなら雪解け水も滝になろうというものだ。上から見なければとてもわからない仕組みになっているのだが、ひと目見れば「ああ、こういうわけだったのか」とすぐに納得がいく。百聞は一見にしかずという事だ。

上からまとめてヨセミテを見て感動した後は待望の大きな木を見に行く。我々は再び車に乗り、どんどん下に降りていった。そして更にヨセミテ内を走り続け、ようやく大きな木のある森にたどり着いた。

既に森の入口付近にもかなり大きな木がぞろぞろはえていた。こくぞうさん級の木などここでは小さい方だ。さすが、世界レベルの実力を感じる。この森の奥に、世界最大の木のチャンピオンが生息しているのだ。さあ行ってみよう。

……とはりきって歩いてゆくのかと思ったら、なんとその大きな木を見るために、森の中を走る専用のオープンバスに乗るのだという。そのくらいにその森は広いのだ。そんな広い森がヨセミテ内ではほんの一画に過ぎないのだからヨセミテ公園はものすごく広大だ。

我々はオープンバスに乗り、森の中へと進んでいった。途中、何本ものすごく大きな木があり、もうどれが世界一でもいいような気がした。さっきから見ているこれらの大きな木はセコイアという木で、樹齢三千年以上になるものも多いらしい。こくぞうさんの木は樹齢七百年だか八百年だ。昔、こくぞうさんの木の年齢をきいた時にはそれはそれは驚いたものだ。七百年だか八百年も前といったら、鎌倉幕府の頃から生きている事になるではないか。すごいなァ、こくぞうさんの木、やるなァ、と思っていたが、このセコイア達は紀元前千年以上も前から生きているのである。こくぞうさん完敗だ。こくぞうさんはこくぞうさんなりにがんばっているが、年齢が二千二百年以上も下となると年下だから少し小さいねなどというなぐさめすら及ばない。もう別モノと思うしかない。

　結局、どれが世界で一番大きいのか私にはよくわからなかったが、とにかく地球上にはセコイアという種類の大変大きな木があることがわかった。「わ――っ、すごく大きい!!」という驚きの気持ちが湧いた事も大切な経験だ。これからあと何年あのセコイア達は生きるのだろう。例えばあと二千年位生きられるのだとしたら、どうか人間達が殺してしまったりしませんように……と思う。こんなに昔から続いてきた生命の先輩達の命を勝手に殺しては絶対にいけない。あと、どうか雷に殺《や》られませんように……とも思うが、こればっかりはセコイア達自身の運にかかっているのでグッドラックとでも言ってやるのが精一杯だ。

　大きい木を見た後、私達はサンフランシスコへ戻るために車に乗った。これからまた四百キロの道のりを、井上さんが車をぶっとばしてゴーゴーと進む。

サンフランシスコ市内

ヨセミテからサンフランシスコまでの四百キロを、ガイドの井上さんが爆走して下さったおかげで予定の時刻より早く到着した。とは言ってももう夜だったので、その日は夕食を日本料理店でとり、酔った勢いでさっさと眠ることにした。

翌日の早朝、私はまた必要以上に早起きをし、バタバタとお茶をわかしてホテルの窓からサンフランシスコの夜明けを眺めていた。朝五時だというのに、遠くに見える主な車道には車がいっぱい走っていた。サンフランシスコの人達は早起きなのだ。ニューヨークの活動時間にあわせて仕事を開始するため、時差の関係上すごく早くからオフィス街が動き始めるらしい。〃みんながんばれ……〃と緑茶をすすりながら窓ごしに地道な声援を送る日本人がいることなんて、絶対に誰も知るまいし知らなくてもよい。むしろ知られちゃ恥ずかしい。一体どのツラさげてサンフランシスコの人々に面とむかって〃ガンバレ〃などと言えばよいのか。英語だから〃ファイト〃とでも言うべきなのか。そんなことを色々考えているうちに夫もヒロシも起きてきたので三人でホテルの朝食を食べに行った。

朝食後、また井上さんの車でサンフランシスコ市内を見学する。まずはサンフランシスコの港に行った。そんなに大きな港ではないが、船着き場周辺には若者向けの小さな店が立ち並び、ちょっと原宿の竹下通りのような感じである。私はそこのガラスショップで売っていたきれいなビー玉と万華鏡がどうしても欲しくなり、買いに行った。お店には大変美人なポーランド人のお姉さんがいて、私がビー玉やら万華鏡を買ったらきれいなクリスタルのペンダントトップをおまけにくれた。そのお姉さんが尚更美人に見えたが世の中とはそういうものだ。

港からずっとむこうの海の中央に、小さな島が浮かんでいる。その島はかつてアメリカの極悪な囚人達が収容されていた刑務所があったといういわくつきの島、アルカトラズ島である。脱獄しても海を渡れずに力尽きてしまうようになっていたというから悪い事はするもんではない。どのくらい悪い奴《やつ》らがそこに入っていたのかといえば、例えばアル・カポネ、そう、あいつである。あいつはその刑務所内でもけっこう幅をきかせていたようだ。我々は、その島にも渡って刑務所の跡地を見学してきたが、暗い独房をジロジロ見ても何だかうす気味悪くてあまり良いものではなかった。興味のある人にとっては面白い所なのかもしれないが、私はあまり刑務所のような所には興味がないので正直言ってつまらなかった。でも、〝刑務所の跡地はうす気味が悪い〟という気分を体験できたのでこれはこれでよい（その後この島を背景にくりひろげられる映画が話題になったので、それをみてからなら少しはおもしろかったかもしれない）。

昼食を港の見えるオシャレなシーフード・レストランで食べることになった。井上さんの話では、ずっと前に三浦友和さんと百恵さんが映画のロケでサンフランシスコに来た時もこの店で食事をなさったという事であった。私の胸は躍った。友和さんと百恵さんもこの窓から見える景色を見たのか、と思うだけであぁ……とため息が出てしまうほどうれしい。

次々と運ばれて来るシーフードはどれもおいしく、私は食べすぎて苦しくなった。それでもデザートをどうしても食べたいと思い、大好物のクリームブリュレを注文しようとしたがやめた。これ以上食べたら動けなくなるという確信が全身を貫いたのである。旅に出ると体重が増えるので気をつけようと思うのだが、今までに気をつけた事は一度もない。毎度毎度の食事のたび、このように動けなくなる寸前まで食べてしまう。井上さんも「みなさん、よく食べますねえ。いやァ、驚きました」と本気で驚いていた。夫とヒロシはよい。男なのだからどんどん食べてもさわやかだ。しかし、女なのに夫とヒロシと同じだけ食べている私はどうか。私は食べるスピードも早い方なので時折真剣に恥ずかしくなる時がある。飲み物も即座に飲み干すし、寿司などは人が一個食べている間に二〜三個食べてしまう。前菜など、みんなが「いただきます」とか言って箸を手にとろうとしている頃にはもうない。そのうえ、私は食事中によくしゃべるのである。普通、よくしゃべりながら食べる人は箸がすすまず食事が遅いではないか。私はどうしてベラベラしゃべりながら超スピードで大食いすることができるのであろうか。自分の事ながらこの件に関してはよくわかっていない。更なる自己研究が必要だと思う。

食後、私はリーバイスの店に立ち寄り、Tシャツと短パンと帽子を買った。これらのTシャツや短パンを着て帽子をかぶり、サングラスをかけると一気に〝ロス疑惑〟の人みたいな格好になる。つまり何かしら怪し気な様子になるのである。だが、別にホントに怪しい者ではないのだから、元気に歩けばそれなりにカッコイイ気もする。ちょっと芸能人のプライベートファッションのようにも思える。一歩まちがえればロス疑惑だし、その気になれば芸能人っぽいという、どっちにしても普通じゃない感じが楽しめるというわけだ。早速それを着てサンフランシスコ市内を見物に出かけようと思ったが、短パンのウエストがゆるすぎたうえにベルトを持っていなかったので断念した。いくら何でもズボンが街角で脱げてしまったら、ずっこけエッセイを主に書く私といえども情けなさすぎる。

サンフランシスコはすごくいい色の街だ。建物の色のひとつひとつが私の好きな色ばかりで造られている。温度の具合も良い。暑くもなく寒くもない。ちょうど良い。早朝や夜は少し肌寒くなるが、日中はホ乳類の活動に実に適している。街全体が急な坂道で構成されているのも面白い特徴のひとつだ。〝本当《マジ》!?〟と思う程、急な坂道が次々現れるのだ。ジェットコースターで「キャーッ」と叫んで降りてゆく時のあの角度の坂が普通の道路だと思ってほしい。そんな街なのである。そんな街だからこそ、スケボーの文化が発達したのであろう。ダボッとしたTシャツと短パンに細い足でスニーカーをはいてスケボーを小脇にかかえている西海岸のイカした少年達の姿は私の憧れのものの中でかなり上のランキングに位置している。憧れはランキングが上のものほど手が届かないようになっているので、予想通りそのような少年達と接触する事は一度もなかった。

夕食は中華街に行き、また動けなくなる寸前まで食べた。私は紹興酒《しょうこうしゅ》に砂糖をガンガン入れて甘ったるくして飲むのが好きなので、それもどんどん飲んでうまい具合に酔っぱらい、ホテルに戻ってすぐに寝た。

翌朝、私達は井上さんとの別れを惜しみつつハンバーガー屋で本格的なハンバーガーを食べた後、サンフランシスコからラスベガスに発った。

ラスベガス到着

サンフランシスコからラスベガスまでの飛行機内から見える景色は感動モノであった。約一時間半程の飛行時間であるが、私はずっと窓の外に釘付けになっていた。遠くに見える山脈や広大な砂漠の乾いた色や、まるで輝くタイルのように美しく耕された畑の風景は自然の中で生きている人の力の強さを感じると同時に、人間は地球という大きな生命体をこんなに広大に利用して良いものだろうか、とも思った。心配になるほどアメリカの畑はケミカルな色彩だったのである。でも見た事もないような美しさだったので機会があればぜひ見て欲しい。ヒロシもこれには打たれたらしく、「とにかく、何を見たんだかわかんねぇくらい、何だかすげぇ景色がずっと続いていたなァ。あれ、一体何を植えりゃあんな畑の色になるんだろ？」と首をかしげながら感動していた。

ラスベガスの空港に着くと、都《みやこ》さんという女性が待っていて下さった。都さんの笑顔と共に、ジャラジャラチ━━ンというスロットマシーンの音が耳に入ってきた。さすがラスベガスである。空港内にもギャンブルの設備がばっちりと設置されているのだ。ラスベガスは砂漠の中にえいっと造った街なのでとても暑い。空港から一歩出たとたん、溶けるかと思ったほどである。それでも都さんは「今日はまだ涼しいほうですよ」と言ったので目がまわりそうになった。

ラスベガスといえば、一生用がないギャンブルとお色気ショーだけの街だと思い込んでいたので、今回の旅行でもグランドキャニオンに行くための単なる宿泊地にすぎない場所だと勝手に思っていた。ところが、それは大まちがいだったのである!!

ここ数年の間にラスベガスはものすごく面白い街になっていたのだ。数年前までは確かにギャンブルとディナーショーとちょっとHなお色気ショーばっかりというオッサン向けの街であったが、『これじゃいかん、もっともっと若い人や子供にも愛される街になろうじゃないか』という方針になったらしい。そこでラスベガスの住民は考えた。ホテルのオーナー達は客寄せのため、次々と楽しいアトラクションを莫大な金を注ぎ込んで作り始めたのである。

とにかく金のかけ方が違うからその本気ぶりはものすごい。各ホテルがまるごとテーマパークや遊園地みたいになっているのだ。ホテルは街中に建っているので街全部が遊園地になっているといってもよい。大きな火山が本物のような迫力で大噴火するホテルがあったり、映画の撮影並みのセットですごいアクションが展開される海賊ショーをやるホテルがあったり、建物の地下にギリシャの町並みが再現されているホテルがあったり、無料で見物できるものも数多くある。ホテルの外観からして普通の街とは全く違い、ピラミッド型をしていたり、ディズニーランドのシンデレラ城みたいだったりする。たぶんこんなふざけた街はここにしかないであろう。遊園地ではなく人が生活している街なのにこんな有様になっているなんて面白すぎる。

都さんの案内で、私達はスピルバーグがプロデュースしたというレストランに入った。〝ええっ、あのスピルバーグがレストランなんかを造ったの!?〟と思うかもしれないが、最近のラスベガスは世界的な有名人がこぞって店を出したりしているのだ。有名人達もこの街に注目しているのである。

スピルバーグのレストランは潜水艦のイメージで建てられており、外観も大きな潜水艦になっているが中もすごかった。窓を見れば上から水が流れていて、まるで本当に水の中に入った気分になるし、テーブルもカウンターも柱もメカニカルな感じでとてもカッコイイ。高い天井にはレールがついていて、そのレールから機械の魚が吊り下がってゆっくり泳いでいる。〝男の子の考えた究極の遊び場〟という感じである。

私達がえらく感動している様子をみた都さんは「喜んでいただけてすごくうれしいです。もし、こういう建物とかアトラクションがお好きでしたら私のおすすめの場所を時間の限り御案内いたします」と言って下さったので私と夫は「ぜひっ」と身をのりだした。きっとものすごい物がまだまだいっぱいあるに違いない。グランドキャニオンに行くための単なる宿泊地としか思ってなかったラスベガスよ、すまん。このさい、グランドキャニオンのほうこそどうでもいいものかもしれない。

ほろ馬車ツアーって一体……

夕方からはラスベガスの街からだいぶ離れた砂漠の中をほろ馬車で走ってバーベキューを食べるという予定が入っていた。私はそんな物に乗らなくてもいいから、少しでもラスベガスを見たいと思い、都さんに「そのほろ馬車に乗るっていう予定、今さらキャンセルなんてできないですよね？」と少々遠慮気味に尋ねたところ、やはりドタキャンは無理という話だったので仕方なく行くことになった。

夕方とはいえ、砂漠の西日は容赦なく肌に照りつけ非常に暑い。私達はカウボーイを紹介され、彼と共にほろ馬車に乗って砂漠の道を進んでゆくことになった。道には馬のフンがよく落ちており、馬車の上までその香りが匂ってきて臭いのが辛い。砂漠とは言うものの私が想像していた砂漠と違い、サボテンがあるわけでもなく岩道ばかりだ。

カーッ
夕方なのにバカ暑い。
むこうのほうに、変電所の鉄柱がみえていて景色わるし。
これってほろ馬車? ちょっと違うんじゃ……
わたし
夫
あち〜〜っ
都さん
ヒロシ

雑然とした空地にたどり着いたら、そこにポツリとバーベキューの用意がしてあった。〝……もしや、ここでバーベキューを!?〟という私の予感はもちろん当たり、我々はそこでバーベキューを食べるようすすめられた。

初対面のアメリカのカウボーイと、初対面のほろ馬車ツアーの企画者と、都さんと私と夫と父ヒロシというメンバーで、こんな荒れ地でバーベキューを食べているこの事実。人生の中で不可解な時間があるとしたら今だ。

カウボーイが投げ縄のやり方を指導してくれると言うので、すぐに私は断った。しかし夫とヒロシも断ったらカウボーイに悪いという事で義理で指導をうけることになった。夫とヒロシがいなかったら私がやらなくてはならなかったので助かった。感謝の気持ちでいっぱいだ。

木で作られた動かない牛が彼らの相手だ。夫もヒロシもいっしょうけんめい縄を投げている。きっと楽しいとは思ってないに違いない。ふたりとも一応笑顔で取り組んでいるが、本当に楽しい時の笑顔ではないことを私は知っている。しばらく練習した後、「ふたりともなかなか上達したね」とカウボーイにほめられていた。しかし投げ縄が上達したからといって今後、彼らの人生で投げ縄を利用する事はおそらく一度もないであろう。

不可解な時間が流れたほろ馬車ツアーは終わった。我々はまたラスベガスの街に戻るために車に乗った。暑さとやるせなさのため、非常に疲労したので車内でウトウトしていると、都さんが「今からラスベガスの夜景が見え始めますよ」と教えてくれたのであわてて車の窓から外を眺めた。

闇の中から突然、バ――ッとラスベガスの夜景が広がった。それはそれは美しい夜景であった。ほろ馬車ツアーに参加してよかった事はこの夜景が見れたことだけだ。ほろ馬車とは全く関係がない事だったが、ひとつもいい事がないよりよかったと思う。ラスベガスに戻って来た。まだ九時になったばかりだ。ラスベガスの夜はこれからが本番だ。このあとまもなく、私は今回の旅行の中で最高の感動と出会うことになる。

商店街の電飾ショー

夜九時のラスベガスの街はたくさんの人でにぎわっていた。ガイドの都さんが「夜十時に、メインストリートの屋根いっぱいに電球による大画面の素晴らしい電飾ショーが行われるのでそれをぜひ見て下さい」とおっしゃるので我々はそのメインストリートに行く事にした。電飾ショーが始まるまでにまだ一時間程余裕があったので、付近のカジノホテルの最上階のバーで一杯飲みながら時間が来

るのを待った。

十時近くなると、メインストリートにどこからともなく大勢の人が集まってきた。皆、電飾ショーを見物に来たのである。商店街の天井には、はじからはじまで電球がはりめぐらされている。これが全部画面になるとしたら、ものすごい迫力である。私の胸は期待で高鳴った。

まもなく十時になると、商店街の各店のネオンが消えた。いよいよ電飾ショーの始まりである。音楽と共に、アーケードの天井がパッと明るくなり、ストリートは大きな宇宙空間になった。遠くの方から白鳥座の白鳥がバーッと飛んで来てむこうの空に消えてゆく。次から次へいろんな星座が現れ、メインストリートの宇宙の中を飛んでゆく。途中、ものすごくセンスの良い女性コーラスグループが現れたり、ただもう唖然とするばかりの画像が信じられない迫力でくり広げられていった。

わずか八分余りのショーであったが、私は見た後すぐに声が出ない程感動していた。あまりのことに、喉が詰まって涙がでそうになっていたのを我慢するのが精いっぱいだった。我慢していたのに、夫に「すごかったね」と言ったとたん涙がでてしまった。夫も「うん」と言ったと同時に急いで涙をふいていた。ヒロシも「すげーなァ」と言っていたので彼なりに深く感動したようだ。

明日はグランドキャニオンに行くが、果たしてこの商店街の天井に勝つほどの感動を与えてくれるだろうか。

グランドキャニオン

いよいよ父ヒロシの長年にわたる夢が叶う朝がきた。これから我々はセスナに乗ってグランドキャニオンに向かう。

飛行場には若くてハンサムなセスナの操縦士のお兄さんが待っていた。松田聖子好みのお兄さんである。セスナに乗ったとたん、また不安な気持ちになってきた。セスナはちょくちょく落ちているなァ……とか、けっこう揺れるらしいなァ……とか、その類の不安である。

都さんの話では、長年ガイドをやってきて何回もグランドキャニオンには行っているが二回ばかり〝……もうダメだ。今回こそ死ぬだろう〟と思ったことがあるそうだ。急に天候が悪くなり、大嵐になってセスナが落ちそうになったらしい。

今はこんなに晴れていても、砂漠の山岳地帯では急に嵐になったりすることもあるのだろう。恐ろしい話である。どうか頼むから嵐になったりしないでほしい。

我々を乗せたセスナはグングン飛んで行った。砂漠の街をとび越え、山々をとび越え、やがてグランドキャニオンが連なるエリアに入っていった。

ものすごい景観が広がっていた。壮大だ壮大だとはきいていたが、これはすごいものだ。うねるような地層の断崖がはるか彼方までぞろぞろ続いている。ヒロシも熱心に窓の外を見ていたが、感想をきけばたぶん「すげーな」と言ったであろう。

セスナが無事、グランドキャニオンの一角に到着した。ここから先は小型バスに乗って見晴らしの良い展望台に進んでゆく。こんなグランドキャニオンの上の台地にもホテルが建てられており、我々はそこで軽い朝食をとった。ちなみにホテルはいつも満員で、宿泊の予約は一年位先までいっぱいだそうである。まァ、よっぽどのグランドキャニオン好き以外はラスベガスに泊まってグランドキャニオンを見学に来るという我々のような方法が手軽でよかろう。

展望台からの景色は、セスナから見るのとはまた違った迫力がありとても良かった。力強い地層の谷間が眼前に広がる感動はここでしか味わえないものだ。ものすごく静かで大きなエネルギーがここには流れている。空に浮かぶ雲の影が谷間に落ちては少しずつ動いてゆくのも実に良い。これを見たいと言っていた父と一緒に見れてよかった。〝まさか一緒に見れる日が来るなんて、思ってなかったよね、お父さん〟と私は思った。そういう意味でもこの景色を見たことに私は感動していた。

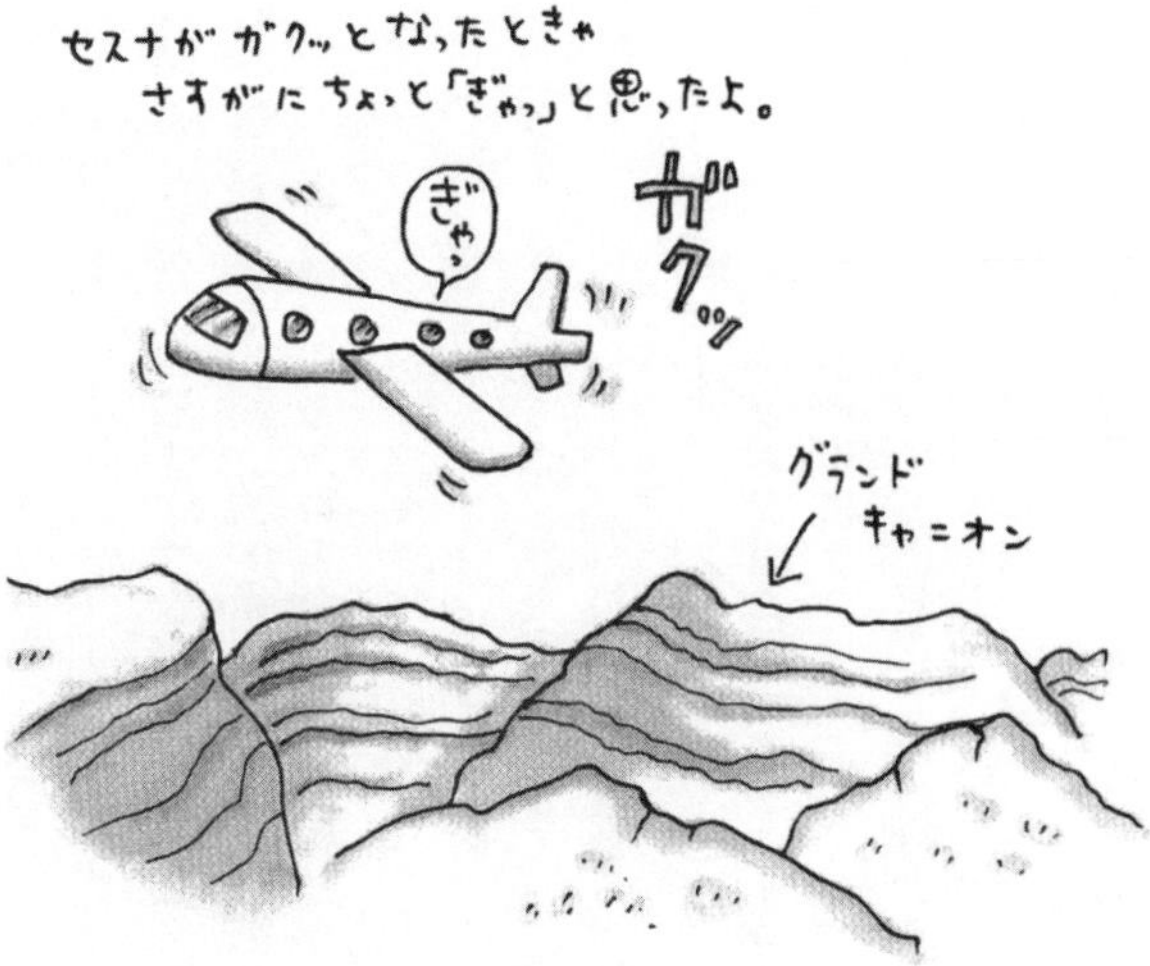
セスナがガクッとなったときゃ
さすがにちょっと「ぎゃっ」と思ったよ。
ぎゃっ
ガクッ
グランドキャニオン

グランドキャニオンのお土産屋には、アメリカ先住民の作った民芸品がいろいろ売られていた。私は小さい人形が欲しくなり二個買うことにしたのだが、店の人が「壊れるといけないのでしっかり包装いたします」と言って必要以上にバッチリ包装してくれたために大変かさばる荷物になってしまった。人形自体は八センチ位の大きさの物なのに、バスケットボール二個分位の荷物をかかえるはめになったのだ。だが、店の人は親切でやってくれた事だからこれでいい。この人形も、壊れることなく日本へ運ばれるであろう。

ヒロシはグランドキャニオンを見れてよかったと連発していた。予想よりはるかに壮大だった事に驚いた様子である。「キャニオンはでけぇなァ」と、勝手に略して言っていたのが何ともヒロシらしいところだ。

帰りもまた例の聖子好みのハンサムなお兄さんのセスナに乗り、途中一回ガッタンと大きく揺れた時にはヒヤリとしたが無事にラスベガスに戻ってきた。これで『まる子、グランドキャニオンに死す』という新聞の見出しだけはどうにかまぬがれたわけである。

再びラスベガスにどっぷりの夜

昼すぎに少し遅い昼食をとり、我々は再びラスベガスの街にくり出した。まずはホテルの中にギリシャの町並みが再現されているというシーザーズパレスに行ってみた。

そこは本当にギリシャの町のようであった。私はギリシャに行ったことはないから本当のところはわからないのだが、もし違っていたとしてもそんなことはどうでもよい。広場に大きな彫刻と噴水があり、数多くのブティックが立ち並び、なんと地中海の空までが再現されているのである。少し考えてみてほしい。そんなものがホテルの中にですよ、広場や空までですよ、くどいようだがホテルの中にですよ、あるなんて驚きではないか。私はかなり驚いた。アメリカと戦争になったら絶対に勝てっこない気がする。遊びでここまでやるこの国の豊かさに、日本がいくら経済成長を遂げたといばってもまだまだ及ぶものではない。物理的な豊かさだけでなく、発想などの精神面でも日本はまだまだかなわない。

このシーザーズパレスの一室で、我々は少し変わった夕食をとる予定になっていた。手品がらみの小劇を観ながらディナーを食べるという企画なのであるが、これもなかなか凝っており、我々は〃シーザーに招かれた客〃という設定で地下の晩餐会《ばんさんかい》の部屋に案内されていった。地下に降りてゆく仕組みだけを見ても非常に凝っている。何やら怪し気なゴンドラに乗り、洞くつのようなムードの場所に降りてゆくのである。たった地下に降りるだけなのにこんなに金をかけた演出をするなんて、とまた驚かされる。しかしこの程度の驚きなんて、このラスベガスではもう無視して良い。この街でいちいち細かく驚いていては身がもたない。

ディナーショーも見事な手順でソツなく行われ、客は皆楽しんで夕食を終えた。料理は別にたいしておいしくはなかったが、これは設定やムードを楽しむものだから味は二の次なのだろう。ディナーショーの部屋を出ると、他に幾つも小さな部屋があり、各部屋で色々なマジックが見られるというシステムになっていた。ここのホテルはわりとマジックに力をいれているようである。

手品好きの夫は喜んだ。十時から、モンテカルロというホテルですごいマジックショーを見る予定になっていたが、まだ九時だったので少し時間に余裕がある。このホテルの小さい部屋で行われるマジックも、ちょっと見てみようという事になった。

ヒロシはすっかり疲れたようなので、先に滞在先のホテルに帰って行った。今日はグランドキャニオンも見たのだから、六十過ぎのヒロシはこのへんで休んだ方がよかろう。

小部屋で行われたマジックは、主にトランプを使った小規模なものであったが誠に腕の良いマジシャンだったため見応えがあった。手品を研究している夫などは私よりも深く味わい、「うーん、彼はすごい。すっごくうまい!!」とうなっていた。ちょっと覗いただけの小部屋の中でこれだけ感動できてよかった。こんな小部屋のマジックショーは無料で見られる。部屋から出ればドリンクも無料で飲める。ギャンブルの街は太っ腹だ。

ランス・バートンという人

十時近くなったので我々はモンテカルロというホテルに移動した。先程書いたとおり、ここでまもなくすごいマジックショーが始まるのである。マジシャンの名前はランス・バートン。都さんの話によればアメリカ人の中年のハンサムな男性らしい。

そのホテルの劇場はとても重厚な雰囲気になっており、客席の数も多い。今日はここが満席になるのだ。人気のあるマジックショーなので、都さんはチケットを手に入れるのに大変な苦労をして下さったそうである。

十時三十分になりショーが始まった。噂どおりなかなかハンサムな男性である。初めのうちはハトが出てくるような典型的な手品が続いていたが、途中からすごいマジックの連続になっていった。

例えば、彼は今まちがいなくそこで踊っていたはずなのになぜか箱の中からでてきたり、舞台の上の車と共に消えてしまったかと思ったら次の瞬間客席の中央から現れたり、とにかく消えたり変な所から現れたりする男なのである。全く不思議で仕方ない。どうやってあんな事になるのか皆目見当もつかない。マジックなんてそういうもんさ、などと一言で片づけりゃそれまでだが、実際に見てみると本物の魔法かもしれないと本気で思ってしまう。魔法でも使わなければとてもそんなことできるわけがない、というような事が次々と起こるのだから。

ランス・バートンはフィナーレに、カッコイイ車に乗って舞台の上をヒューーッと飛んで去っていった。洒落《しやれ》た演出のし方に、素敵すぎて泣けてしまう。アメリカのショービズの世界というものは、完全な夢を客に与えるための努力を惜しまないのだ。

マジックショーを観て宿泊先のホテルに戻ったのは一時頃であった。本来ならクタクタに疲れてすぐに眠るところであるが、明日はもう帰国するために今夜が最後の夜である。せっかくラスベガスに来たんだから、少しくらいギャンブルをやってみようという事になり、私と夫は一時過ぎからホテルのギャンブル場に出かけて行った。

私は二十五セントのスロットマシンをやる事にした。夫は五セントのスロットマシンをやる事にしたようだ。まず、二十ドル分だけやってみる事にする。これで全部スッてしまったらもうやめようと思っていた。私も夫もギャンブルにはまるタチではないので、すぐに終わるに違いないと思っていた。

ところが、私はかなり熱中してしまった。案外調子が良かったのである。すぐにスッてしまうかと思っていたのに少しずつコインが増えている。一時間位スロットと向かいあってやっているうちに、だんだんスロットの流れが読めてきて、どうすりゃ儲《もう》かるかわかるようになったのである。こうなってくるともう夢中だ。今この世に存在しているのは自分とこのスロットマシンだけかと思うほど一体感がある。パチンコに熱中して幼い子供の事を忘れてしまう母親達も、こんな状態になるのであろう。

夢中になって二時間余り経った頃、ラッキーカードが三枚そろい、ジャラジャラとずっとずっとコインが出てきて止まらなくなった。どうやら千枚出るらしい。私は驚き夫を呼んだ。夫はちょうど自分のスロットで全部スッてしまったところだったらしく、私のあふれんばかりに出続けるコインを見て「やった!!　凄い凄い!!　良かった良かった」と喜んだ。

合計で、私のコインは二百九十五ドルになっていた。元手が二十ドルだったので、二百七十五ドル儲かった事になる。日本円にしたら二万七千円位なので、儲かったといってもたいした額ではないが、損をしたらストレスが溜まるのでやはり儲かって良かったと思う。ギャンブルなど、素人が手を出すものではないと思うのであまりおすすめしないけれど、もしラスベガスに行く機会がある人は、元手二十ドル位までを目安にちょっとだけやってみると儲かる事もあるかもしれない。

ギャンブルを終えたのが朝五時頃だった為、私と夫は眠る間もなく飛行機に乗ることになった。昨夜早くホテルに戻ったヒロシはよく眠ったらしくさわやかな顔をしていた。だが私は悔いはない。ヒロシの帰ったあと、ランス・バートンを観てスロットで儲けたのだ。この体験は睡眠より貴重だ。

帰りの飛行機の中で私は深く眠った。眠る直前まで、〝……今回の旅は正味たった五日間だったのに、ヨセミテ、サンフランシスコ、グランドキャニオン、ラスベガスかぁ……しかもそれぞれの場所でいろんな事があったなァ……短かったけど、濃厚な体験を得たなァ……〟などと考えていた。今まで特にアメリカを好きだと思った事はなかったが、今回初めてすごく良いと思った。

家に帰ると母と息子が日常生活をいつも通り送っていた。そこへ非日常を体験してきたばかりのヒロシが乱入し、母に土産話をし始めた。「あのなァ、ラスベガスのなァ、商店街になァ、スゲー天井があってな、どういうふうにスゲーかってぇと、電球がな、こう、いっぱいくっついててな、それがパーッとよォ、ついたり消えたりして映画みてぇになるんだよ。それがスゲぇんだ。まァ、かあさんに言ったって、わかんねぇだろうけどよォ」それをきいた母は「わかんないね」とやはりわからなかった事を告げたがヒロシはまだまだ話し続けていた。いくらどんなにヒロシが話し続けても、母にはさっぱりわからない話ばっかりなのであった。

パリ・オランダ編

パリのこと

「ヘーイ、ベイビー。ボクは冬休みにちょっとパリまで行ってきたのさ。だから紅白歌合戦のことはよくわからないなァ」などというセリフを花輪クンにしょっちゅう言わせているくせに、私はパリには行ったことがなかった。だから花輪クンがパリでどんなふうに過ごしているのか具体的な様子を漫画で描けと言われても描けない。もし描いたとしたら、それは私の単なるパリについてのイメージで、誠にインチキ臭い風景を皆様にお見せする事になるであろう。彼が主人公の漫画だったら大変な恥をかくところであった。自分《まる子》が主人公ならばそれ自体が恥ではないかとも思うが、インチキ臭い風景を次々展開せざるをえない状況よりマシである。

パリの事は花輪クンにまかせておけばよい。あんなオシャレな国は、まる子なんかには縁のない話だ。まる子はまる子らしく、イタリアでスパゲッティを食べたり、バリ島でケチャを見たり、ヒロシと共にグランドキャニオンの崖っぷちでおののいたりしているのがお似合いなのだ。

そんなふうに思っていたうえに、フランス政府が核実験を強行したためにますます私の気分はパリから遠ざかってしまった。平気で地球の生態系を狂わせる国なんて許せん、ファッションや文化の中心がフランスだと思って偉そうに気どってるくせに、地球を傷つけて涼しい顔してんじゃねえよバカ。……とフランスに対してカンカンに頭にきたのである。それなのになぜ、今回パリに行く事になったのか。今から少しその説明をさせていただきたい。

ピエール・ラニエの時計

ピエール・ラニエという時計のメーカーがある。ロレックスのような高級メーカーでもなく、スウォッチのようなポピュラーなメーカーでもない。値段も手頃で地味めなブランドなのだ。その地味なピエール・ラニエが、三年位前からひっそりと限定版の腕時計をシリーズで販売し始めたのである。どういうシリーズかといえば、美しい石や貝などを素材にした絵が文字盤に描かれているというもので、主に動物や楽器が絵のモチーフとして選ばれている。それらの絵はひとつひとつ手作業により製作されるため大量生産はされずに各デザインごと九百九十九本のみの限定販売となっている。なぜ九百九十九本なのか、どうせだったら千本にした方が

区切りがいいではないかと思われる人もいると察するが、それは私にもわからない。わからないのなら言わなければいいのにと思うだろうが、もしかしたら私が知ってるのではないかと思う人がいるといけないので一応言っておいた。おおざっぱそうに見えて、これで案外私も細かいことに気を回すところもあるのだ。

さて、ではどうして私がこのシリーズを知るようになったのかといえば、たまたま二年半前、ある通販カタログでゾウと小鳥の絵柄の二本が紹介されているのを発見し、そのあまりのかわいらしさに驚いてスグに購入の申し込みをしたのがきっかけだった。数日後、我が家に届いた現物はカタログ写真で見る以上に素敵でかわいらしく、私はこのシリーズにすっかり心を奪われたのであった。

心を奪われたものの、地味なピエール・ラニエの限定モノの情報など細かく知る手段は特になかった。業者に問い合わせてみたがこのシリーズが今の段階で何種類くらい出ているのか正確にはわからないという。また、日本へ入ってくる個数も少ないために業者のもとにさえ在庫があまりないようだ。こうなると、街の時計屋に偶然並んでいたものを発見して買ったり、例の通販カタログで時折紹介されるものを購入したり、とにかく地味に集めるしかなかった。これも地味なピエール・ラニエを好きになった者のやむをえない宿命といえよう。

　こうしてコツコツ集め続け、やっと八本になった。しかしまだ見ぬデザインがあと何本もあるのだ。こんなに好きなのだから、どうにかして全種類集めたい。……私は考えた。パリに行けば、ピエール・ラニエの本店があるに違いない。本店にはこのシリーズが全種類揃っているであろう。

　だが、フランスは核実験を行ったのだ。私はその件に関してかなりこだわっていた。だから、たとえピエール・ラニエの本店がパリにあったとしてもあまり行きたい気分ではなかった。フランス製のピエール・ラニエの時計なんかを好きなこと自体が口惜《くや》しくさえ思えていた。いっそ嫌いになってしまえば楽なのに、そう簡単にはいかないところが恋と同じで難しいのだ。憎いけれどもいとしいお方、というくだらなくも情けない心境である。

　そんなある日、仕事でパリによく行く友人から、フランスの一般市民の人々はフランス政府が核実験をした事に関して非常に良くないと思っている人達が過半数で、他の国の人々からフランス人全体が非難されていることをとても悲しんでいるという話をきいた。ああ、そりゃそうだよなァと私は思った。核実験をやったのはフランス政府でフランスの国民が全員一致でやったわけではない。政府の強引な方針に国民が泣き寝入りするのはどこの国も同じ事だ。フランス革命を起こしたほどファイトのあるフランス人達も、今のフランス政府の核実験を阻止する事は不可能だったのであろう。それが時代の流れというものかもしれない。

そのように考えると、フランス政府のした事は許せないが、フランスの国民への気持ちは少し回復してきた。ピエール・ラニエの時計を作っている職人さん達も、核実験の事には胸を痛めているかもしれない。よし、行こう、パリに行ってピエール・ラニエの時計を見つけよう。みるみるうちに私の心はパリ行きを決めたのであった。

パリの街へ

そんな成りゆきで九月のある晴れた日、私と夫はパリ行きのＪＡＬに乗っていた。私は自分の腕にはめたピエール・ラニエのゾウのデザインの時計をちょくちょく眺めながら「ああ、どうか全部そろいますように……」と思ったりしながら到着を待った。

パリの空港に着くと、沼尾《ぬまお》さんという上品な女性が待っていてくれた。里中《さとなか》満智子《まちこ》先生に似たかんじの美人である。この方がパリを案内して下さるのだ。なんともパリらしいガイドさんの登場に私と夫はパァァ……っとなり、「パリらしいねぇ」と率直な感想を述べ合った。空港からパリ市内に入ると、急にアカ抜けた街並みが広がり、

パリに行く前の 私のパリの
イメージ
←ベレー帽
なんかキラキラ
してる。
がいせんもん
国旗
ボンジュール
←エッフェルとう
←パリジェンヌ
ワイン
フランス料理
シャンゼリゼ通り
香水

凱旋門《がいせんもん》が真正面に見えてきた。「おおっ、あれが子供の頃からよく聞く凱旋門か。迫力あるなぁ」と、心の中で思った事がついついそのまま口から出てしまう。シャンゼリゼ通りも歌われているとおり「おー、シャンゼリゼ」というかんじである。道幅は広いし美しいし、「おー、シャンゼリゼ」と思わず言いたくなる気持ちがすごくわかる。あの歌を作った人に「あんたの言う通りだよ」と肩のひとつも叩《たた》きたい。

ホテルにチェックインして荷物を置いた後、我々は夕食に出かけた。沼尾さんの案内により、中華他インドネシアの料理を出すという店に行く。

店内は実にエキゾチックなムードであった。どこの国とも言いにくい、とにかく無国籍な〝西洋人の漠然とイメージする東洋〟というかんじの内装である。私はそういうセンスがわりと好きだ。西洋人のイメージするところの東洋というのは宗教とか文化とか風習とかの意味が特に無いのが朗らかでのびのびしていて良い。ヨーロッパ製のアンティークのタンスの上に仏像と観葉植物が飾られていたり、急にマンダラが壁一面に貼られていたり、大きな岩に水を流して中国三千年の山水画みたいな物を手間ヒマかけて作ってある脇にタイの神様ふうな像が置いてあったりするのも西洋人ならではのセンスである。

注文した料理を待っている時、夫が「あの支配人の人、ちょっとタランティーノ監督に似てない？　ハゲてるうえに貧相だけど……」と言うので見てみると、なるほど夫の言う通りであった。タランティーノをハゲにして貧相にしたのが彼だ。私は思いがけず非常にウケてしまった。笑いながら今度は私が「ねえ、むこうにいるウエイターの人は、ジャッキー・チェンに似ていない？」と指摘した。すると夫も沼尾さんも「ああ、そういえば似てる似てる」と同意してくれたのでうれしかった。今、このレストランにはタランティーノとジャッキー・チェンと里中満智子のそっくりさんが揃っているのだ。華やかなパリ市内といえどもこんなに大物有名人のそっくりさん密度が高い空間もなかなかあるまい。

日曜日のパリ

翌日は日曜日だったため、市内の店屋はほとんど閉まっているのでノミの市に出掛けてみる事にした。沼尾さんの話では、ノミの市にはガラクタも多いけれど面白い物もあるらしい。

良く晴れた青空の下、いろんなガラクタや変わった物や古い物を眺めながらノミの市の続く道を歩いていたが、私はある一軒の屋台に非常に興味を持って足を止めた。

その屋台では、たくさんのアンティークのボタンを売っていたのである。'50年代の物から'60年代の物が中心に置いてあり、陶製のボタンやセルロイド製のボタンが実に味わい深くなつかしい色調で並んでいる。デザインもすごく素敵だ。ボタンの標本を作って壁に飾りたい程キレイでかわいらしい。

私は夢中でボタンを物色し始めた。夫やガイドさんの事も忘れて三十分以上ボタンを選び続けた。そして五十個余りのボタンを購入した。これらのボタンは、いつか何かの時に使おうと思っている。いつか何かの時というのは、例えば親せきのおばさんにジャンパースカートを作ってもらう時とか、或いは何らかのイラストを描いた時の装飾に使うとか、まあそんな時だ。だが、そのように今は思っていても、〝いつか使おう〟という物は結局いつまで経っても使わない事が往々にしてあり、何年か経た後に古いタンスの奥から見つかったりして「ああ、こんなのあったね。いらないから捨てよう」などという事になりがちなので気をつけなくてはならない。いつか何かの時には、このボタンがあることをまず忘れないようにしようと思う。

ボタン屋から二〜三軒むこうの店で絵も一枚買い、我々はノミの市を後にした。ちょうど昼食の時間となり、お腹がすいたので沼尾さんの案内でクレープ屋に行く事になった。

沼尾さんのおすすめのクレープ屋は大変繁盛しており、周辺にたくさんある他のクレープ屋とはまるで活気が違っていた。みんなこの店が一番おいしい事を知っているのである。私はキノコとハムとチーズが入っているクレープを注文してみたが、評判通りすごくおいしかった。このクレープ屋を手伝っているのがここの店の息子で、とてもハンサムな若者だった事を一応報告しておこう。

私はクレープ屋でデザートも食べたために苦しくなり、一旦ホテルに戻る事にした。夕方まで休んだ後、今夜はリドという有名なキャバレーに出掛ける予定である。

華麗なるショー

キャバレーといっても、わけのわからぬ場末の飲み屋とは全く違う。パリにあるリドとかムーラン・ルージュというキャバレーは、毎晩華麗なるショーが繰り広げられているのである。それがどんなショーなのか、まだ見た事のない私には想像もつかなかったが、とにかくそのショーを観るために毎晩世界各国から旅行者がやって来るというのだからちょっとときめくではないか。

リドはホテルから近い通り沿いにあり、入口の看板には大きく「リド」とネオンで書かれている。もちろんカタカナで書かれているわけではない。

ショーが始まる前に私達はディナーを食べた。あまりおいしかった印象もないが、まずかった印象もないので普通だったのだろう。ディナーを食べているうちに、だんだん客の数が増えてきて食べ終わる頃には満席になった。これからいよいよショーが始まるのだ。

ショーは華やかに始まった。なんというか〝これぞ、ショー!!〟というかんじの、イメージ通りのショーの幕開けであった。人は、ショーを思い浮かべる時、鳥の羽をふんだんに身につけた、少々お色気のある女の人達が足を高く上げたりしながら次々とステージの隅から出てきて歌って踊る様子を描くであろう。まさにそれが繰り広げられていたのである。「ああ、今、わたしは、ショーを観ているなァ」とつくづく思った。舞台にいろいろな仕掛けがしてあり、急に噴水が出てきたり、あっという間にスケート場ができてしまったり、空中をヒラヒラと飛び回る蝶のような女の人がいたり、華麗なるショーというのはそういうものだったのだ。

今ならやっと、花輪クンが「へーイ、べイビー。ボクはこのままパリに行って、リドのショーを観てきたのさ。実に華麗だったよ」と言ったあと回想シーンが入ってもインチキ臭くないショーの様子が描けるであろう。一度はこのショーを観てよかった。私もたまには華麗なるものを観た方がよい。ちょっとつけ加えておくが、この華麗なるショーは、登場しているキレイな女の人達がトップレスで踊ったりするので、あまりそういうものを見慣れていないウブな男性やギンギンに女のことばっかり考えているような中学男子などは鼻血の警戒が必要である。リドで鼻血を出したりするのは、非常にみっともないと私は思う。万一そうなった時にはきつく鼻を押さえながらもソッと退場すべきである。

リドからホテルに帰り、そのあと山本麗子《やまもとれいこ》さんという日本人のマッサージの方に体をもんでもらった。山本さんはものすごく腕が良く、パリでこんなマッサージをしてもらえるとは思っていなかったのでとても幸せであった。

明日はモンマルトルの丘に行き、そしてピエール・ラニエの時計を買いに行く予定である。ひとまず、華麗なるショーの夢でもみるとしよう、と思いながら眠った。そして本当に華麗なるショーのようなものの夢をみた。よく覚えていないが、なんか自分もショーに出たり踊ったりしていた気がする。そんなショー、私自身は絶対見たくないと思うが、自分の夢だったからどうしても見るはめになり、少々バカバカしい気分で目が覚めた。

モンマルトルの丘

今日はまずモンマルトルの丘から行く。昔からあの丘には画家がいっぱいいますよという話は誰からともなく聞いていたが、一体どんなふうに画家がいっぱいいるのかちっとも具体的なイメージが湧かない丘であった。丘というからには、山より低いかんじの盛り上がった場所なのであろうが、それが草地なのか住宅地なのか、あるいは商店街なのか、どんな丘なのか行ってみるまでわかるまい。

車は坂道を登っていった。丘だからこそ坂があるのだ。道路沿いには美しい家が建っていて、なるほど、こういう丘かと納得する。丘の頂上には思ったより数少ない軒数のカフェや土産物屋が並んでおり、中央の広場には噂通り画家達が居た。これも私の想像より少ない人数であった。もっともっと多くの画家が、ベレー帽をかぶって筆を片手にウロウロしているかと思っていたのだが、まずベレー帽をかぶっている者などいないし、あまりウロウロしている者もいない。が、少しはウロウロしている者もいるので、想像の三割は当たっていたといえよう。

広場を一周しながら売られている絵を見て歩く中、私はひとりだけ気に入った画家がいた。その人は、リアルな風景画ともうひとつ、ヒロ・ヤマガタをうんと下手っぴいにしたような絵も並べていたのである。うんと下手っぴいとは言っても、相手がヒロ・ヤマガタだからであって、普通の人と比べたらそりゃもうこの人のほうが断トツにうまい。こんなオッサンが、思いきりメルヘンタッチで小さな絵を描いている事実に好感がもてる。

これぞｎｏｎ－ｎｏの読者プレゼント向きだと思った私は早速買うことにした。自分用も含め、そこにあった七枚の絵を全部買いたいと言ったらオッサンは大変喜んだ。午前中からこんなにいっぺんにまとめて売れるなんて、オレは今日はなんてラッキーなんだろう、という表情である。フランス語で心が読めたらきっとそう言っていたに違いない。

ガイドの沼尾さんの通訳によれば、このオッサンは普段は柔道の師範の仕事をしており、絵はそのあい間を縫って描いているということであった。しかしながら、絵のほうも認められつつあり、わりと有名なギャラリーにも作品を納めているとのことであった。オッサンはふたつの人生を両立しながらがんばっているのだ。えらいなあと思う。オッサンが描いた絵は、「お土産プレゼント」のコーナーに載っているので気に入った方はぜひ応募していただきたい。ただし、毎回ありがたいことに、こんな私の選んだお土産でも、ものすごくたくさんの皆様がハガキを送って下さるので、ほとんどの方がハズレという結果になってしまうのが申し訳ない。しかし、送らないよりは送ってみた方が、数パーセントでも当たる確率があるので、こりずに送ってみていただきたい。ハズレても、「もうあっちこっちめぐりなんて読まない」などと言わないで続けて読んでいただきたいというのが筆者からの切実な願いである。

ピエール・ラニエの時計を探す

モンマルトルから街に降り、日本食店で昼食をとったあといよいよピエール・ラニエの時計を買いに行くことになった。沼尾さんの調べによれば、ピエール・ラニエの本店というようなものはなく、それぞれの時計屋に置いてあるものを探すしかないらしい。しかもピエール・ラニエの時計を置いている時計屋自体があまりないらしく、果たして限定モノがこのパリでいくつ見つかるか全くわからないというきわめて厳しい状況である。こんなことならわざわざパリに来るよりも、むしろ日本国内で探した方がまだ見つかる可能性が高かったかもしれない。だがもうパリに来てしまい、リドのショーまで観たからにはこの地で一応ベストを尽くして探すしかない。

私達は街の時計屋を数軒回ってみたが、どこにも限定モノを置いている店はなかった。中には限定モノがあることすら知らない店員もいたりして、改めてピエール・ラニエの地味さを思い知らされた。

私はあきらめの気持ちでいっぱいであった。沼尾さんは、「もしかしたら、ルーブル美術館の地下のショッピング・モールの時計屋に行けば少しはあるかもしれないので、そこにも行ってみましょう」と言ってルーブル美術館へ案内してくれた。本来なら、せっかくルーブル美術館まで来たのだから、何か有名な美術作品を見るべきであろうが、私にとってそれはどうでもいい事であった。とにかく目的はアーケードの時計屋だ。

店に入り一目散に店員の女性のもとへ行きピエール・ラニエの限定モノはありますかと尋ねると、なんと二個だけ見つかった。ひとつは既に持っているデザインだったが、もはやそれすら貴重に思えたので買う事にした。

私があまりにも熱心にピエール・ラニエがどうのこうのと言うので、店員の女性は「そんなに探しているのなら、もしかしたら問屋に在庫があるかもしれないからきいてみましょう」と言って問屋に電話をしてくれた。気の利くやさしい店員である。問屋に電話をしている横顔もとても知的なかんじに見える。彼女なら、なんとかしてくれるかもしれない。

私は彼女が電話を切るのをジッと待った。フランス語でどんなやりとりをしているのか全く見当もつかなかったが、どうかいい返事でありますようにと祈りながら待った。

どうやら五個位あったらしい。私は「あるだけ全部下さい」と言った。もう、自分が持っているデザインだろうが何だろうが欲しい。店員の女性は「それじゃ今から私、問屋に直接取りに行って来るので、一時間後にまた店に来て下さい」と言った。わざわざ取りに行ってくれるなんて、そんな面倒臭いこともいやがらずに笑顔でしてくれるとは本当に有難い事だ。思わず一句詠《よ》んでしまう。

フランスの　やさしい店員　ありがとう

ももこ感謝の俳句

そのようなわけで、私達は一時間待つ事になった。一時間もボケーッとルーブル美術館の前で突っ立っているのもばからしいのでこの機会にちょっと夫の服でも買いに行こうという事になった。こんな機会でもなければ夫の服を見立ててやれないのでちょうどよい。ちなみに私はいつもジ・ジリというイタリアのメーカーの服が好きで買っているのでパリには関係がない。

私は夫に「セリーヌ・オムで買うといいよ」とセリーヌ・オムをすすめた。セリーヌといえば女性用のバッグや服が有名だが、男性モノもあるのをたまたま行きの機内誌で見たのだ。日本で買えば高いが、フランスで買えば半額くらいで買えるはずだ。

セリーヌ・オムの店内には、私達の他に客はいなかったので、店員のオバサンがとても親切にあれこれ面倒をみてくれた。夫は私とオバサンの言うがままに試着し、ズボンからシャツからジャケットからマフラーまでひとそろえ買うことに決まった。さっきまで、何だかよくわからない単なる東洋人男性だった夫が、セリーヌ・オムひとそろえにより大変立派な東洋人男性に生まれ変わった。人は外見で判断してはいけないと思うが、さっきまでの夫と今の夫が同じフランス料理店に入った場合、明らかに店員の態度は違うだろうと思われる。私が店員だったとしても、さっきまでの夫が店内に入ってきたとたん「こいつ、食い逃げするんじゃないだろうな」と思うだろうし、今の夫が来た場合「この人にそそうのないようにしなくては」と思うであろう。

セリーヌ・オムではコーヒーまでいただき私はトイレも借りたりして大変お世話になった。また、帰り際には香水もお土産にいただき、いたれり尽くせりであった。

誠に充実した一時間が流れ、我々はピエール・ラニエの店に戻った。店員の女性は約束どおり時計を用意していてくれた。電話で在庫をきいた時には五本しかないという話だったが、問屋に行ってみたら九本あったという。「あ——、うれしいよう」と言って私は跳びはねそうになった。彼女の手元にはまだ見たこともないデザインの時計がズラリと並んでいる。

パリに来てよかった。ああ本当によかった。もうダメだとあきらめかけていたけれど、こんなこともあるから希望を捨てずにがんばろう、などと人生全般にわたる励みさえ感じてしまった。

親切な女性の店員の他に店長らしき男性も現れ、「これはプレゼントです」と言って高級そうな箱入りのチョコレートをくれた。なんてうれしい事をしてくれるんだろう。私は感激しっぱなしであった。

パリ最後の夜

今日はパリ最後の日なので、私達は本格的なフランス料理を食べに行く事にした。マキシムとかタイユバンとか有名な店はいろいろあるが、沼尾さんの選択によりラセールという店に決まった。その店は天井が大きな窓になっていて、開いた時には夜空が見えるという素敵な仕組みになっているという。

セリーヌ・オムで
生まれかわった夫
なんか、こんなだったのに…
セリーヌかァ…
ふ〜ん
ジャ〜〜ン
あらまあ
立派になったねえ
なんとなく
足も長く
なったみたいよ
顔もりりしく
なったみたいよっ

ラセールの店内は、「さあこれからフランス料理を食べましょうね」といわんばかりのそれっぽい内装になっており、正統さが本場を感じさせる。なるほど天井には大きな窓がついていた。あれが開けば夜空が見えるはずである。

さて料理の味だが、これはひと言でまとめるには実に難しい。結論から言えば、私の口にはあまり合わなかったように思う。これは私が日本人だからフランスの味覚が合わなかったのか、注文した物がたまたま合わなかったのか、その辺がわからない。食通の人なら「おいしい!!」と言うかもしれない。だからここでラセールの味がどうのこうのと私に語る資格はない。大切なことは本場の一流のフランス料理をちょいと食べてみたという体験である。

その夜もパリ在住の名マッサージ師、山本麗子さんによるマッサージをしてもらった。山本麗子さんの素晴らしいところは客の体の痛い部分をきかずに当てるのだ。そのうえ、痛い部分をもんでいると掌がカッカと熱くなるらしく、まるでカイロを握りながらもんでいるのではないかと思うほどであった。きっと、一種の気功法のようなことを彼女は体得しているのかもしれない。もんでもらった後、すごく体が楽になり疲れが飛ぶ。山本さんにやってもらえてよかった。もしも山本さんに出会えなかったら、私はこの旅の途中でダウンしていたかもしれない。

オランダへ行く

翌朝、我々は大変お世話になった沼尾さんに別れを告げ、パリからオランダのアムステルダムに飛んだ。オランダは、今のところ世界で唯一〝安楽死〟が認められている国である。私はその件に関して非常に興味があった。

私自身の考えをいえば、〝安楽死〟は自分で選択できるようになるべきひとつの権利ではないかと思う。もちろん、安易にそれを選択すべきではないが、絶対に回復する見込みがない病気等になったうえにとてつもない苦痛が伴う場合、安楽死を選択できる権利がある方が良いと思う。もちろん反対だという人もいるであろう。どんな状況でも天から与えられた命は自然にまかせるべきだという人もいるであろう。この件に関しては皆それぞれ意見があると思うので、私の考えも単にひとつの意見としてきいてほしい。私など、どちらかといえば辛いしごきや苦痛はなるべく避けたい方だ。だから学生の頃も運動部に入ろうとは思わなかったし、マラソンや登山も大嫌いである。一方、積極的にそういう事に挑戦する人もいる。つまり、もしも前述したような病になったりした場合、その苦痛を最後まで体験するか体験したくないかは個人のタイプによるのではないかと思うのだ。色々な問題点があるからまだまだ世界の多くの国で〝安楽死〟を認めてないのだとは思うが、認められているオランダの人達は一体どんなふうに考えているのだろう。

重いテーマを抱きつつ、我々はアムステルダムに到着した。空港では塚本《つかもと》さんという女性のガイドさんが笑顔で迎えて下さった。

アムステルダムの街並みはとても美しくしっとりしている。石畳の上を路面電車が走り、ゆるやかな運河が街全体に流れている。街の色が実に味わい深く落ちついており、切なさとなつかしさがグッとこみあげてくる。いい街だなァと心から思う。橋の上にただ自転車が置いてあるだけの風景さえ絵になっている。塚本さんは「オランダといえば風車がどこにでもあると皆さん思っているようですが、実際はなかなかないんですよ。もしよろしければ、明日にでも田舎の町に行ってみませんか。アムステルダムから車で一時間くらいなんですが、フォーレンダムという町と、マルケンという町が、とにかくおとぎ話にでてくるようなカワイイ家並みなんです」とすすめて下さったので行く事にした。安楽死のことは、フォーレンダムとマルケンに行ってから考えようと思う。もし、フォーレンダムとマルケンに行って、カワイイ家とか風車のことばっかり気に入ってしまったら安楽死はまた別の機会になるかもしれないが、それも旅の醍醐《だいごみ》味だ。

フォーレンダムとマルケン

ガイドさんの案内で、オランダの田舎町、フォーレンダムに行く事になった。朝十時、ガイドの塚本さんと共に私と夫は車に乗り込みそのままフォーレンダムへと直行した。

約四十分余りでその町に着いた。大きな運河に面したその町並みは家の形から色から大変かわいらしく、〝ペンション系〟と言ってしまえばそれまでだが、私はなかなか気に入った。

町に着いたとたん、私と夫はお腹が減っている旨を塚本さんに告げると、塚本さんは「それでは、おいしいお惣菜《そうざい》屋《や》さんがあるのでそこへ行きましょう。立ち食いの店ですが、いいでしょうか？」と言うので即座にＯＫした。おいしければ立ち食いでも座り食いでも何でもいい。

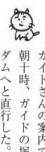

町のお土産屋の立ち並ぶ入口付近にその店はあった。なるほど、数人の客が店の隅で立ったまま何か食べている。まもなく我々もあの人達の仲間になるのだ。

ショーケースの中にはエビのフリッターやサーモンマリネや、その他貝類のおかずやサラダ等が色々置かれていた。私と夫はパァァとときめき、あれもこれもと合計六種類ぐらい店員に頼んだ。店員はてきぱきと私達の頼んだおかずを小さい容器に入れ、手渡してくれた。

アツアツのエビのフリッターも、海鮮サラダもどれもこれもみんなおいしい。夫も私も「おいしいおいしい」と連発しながら食べ続けた。正直言って一昨日のフランス料理よりもよっぽどおいしいと思った。たぶん、日本人の味覚に合っているのだろう。こんな田舎町で思いがけずおいしい物に出会えてよかった。私がＴＶのディレクターだったら『オランダのちょっといい店』とかいうタイトルでこの店を撮らせてもらうところである。

昼食後、フォーレンダムのお土産屋をのぞいて歩いたが、オランダのお土産というのは実に実に工夫がない。もうまったくといって良いほど何の工夫もない。どの店に行っても木靴の置き物とオランダの民族衣装を着た子供の人形とデルフト焼きの陶器と、あとチューリップの球根とチーズとキーホルダーがあるだけである。しかも、何十年も前からデザインを変えてないんだろうなァと思うような古いセンスなのである。この状態は、オランダの人々のおおらかさを物語っているといえよう。お土産なんてこんなもんさという軽い感じがとても良い。

あるお土産屋の女性に、私は安楽死についてきいてみる事にした。塚本さんの通訳によれば、彼女は〝自分としては安楽死を選ばず、自然死を選ぶと思うが、死を選択する自由がある事は、個人の権利としてはあってもいい事だと思う〟という事であった。すごく『個人』という事を尊重している意見である。決して自分の好みを押しつけないところも良い。

塚本さんは「フォーレンダムの人の意見とアムステルダムの人の意見はまた少し違うかもしれないので、アムステルダムの人の意見も機会があればきいてみましょう」と言った。

フォーレンダムから船に乗り、運河を渡ってマルケンという町に着いた。このマルケンという町は、フォーレンダムより更に田舎の小さな町で、家の形もますますおとぎの国っぽくなっており、小さめに建てられているのがまたかわいらしい。映画のセットのような町並みである。こんな所で日常生活を普通に営んでいる人々がいる事自体夢のような話だ。

むこうの方から歩いてくるお婆《ばあ》さんが、オランダの民族衣装を着ているので驚いた。いよいよこの町は観光客用にわざと造られているのではないかと思ってしまう。しかし、この光景は彼らにとって現実の日常なのだ。だから、我々のような観光客があまり珍しそうにジロジロと彼らを見たりしたら失礼だし、ましてやカメラを向けたりしても大変失礼なのである。彼らにはコーネリアスも電気グルーヴもスチャダラパーも無縁だ。当然スピッツもミスチルも小室もアムロも無縁だ。ポケベルも携帯も利用してないと思うが、留守電ぐらいは活用しているかもしれない。とにかく、ゆっくり呑気に昔ながらに生きているのである。あ、しかし、この町もアムステルダムには車で数十分で着くため、ここに住んでいる若者はポケベルや携帯を持ち、海外の音楽に興味のある者は小室くらいはチェックしているかもしれない。

マルケンのお土産屋でトイレを借り、我々はアムステルダムに帰ってきた。その後ホテルで少し休んだ後、市内へ散歩に出かけてみる事にした。どうにかアムステルダムの人に安楽死についての意見もきいてみたいところである。

あるタクシードライバーの意見

そんな時、我々は幸運にも気さくなタクシードライバーの男性に安楽死について意見をきいてみる事ができた。彼は「ヨーロッパではキリスト教の影響により、安楽死は認められていなかったし、今も認めないという人も多いが、ボクの意見としては、今はもう、キリスト教より自分自身が自分自身の全てを選べる権利があってよいと思う。安楽死が認められるようになった事は、ボクらの時代にな

ってきたといえると思う」と語ってくれた。とても力強い意見である。誰にも何も強制せず、そこにあるのは自分自身の選択だけなのだ。

彼は、「もしよかったら、妻の意見もきいてみるかい？」と言って自宅に案内してくれた。彼の自宅は運河沿いのアパートの四階で、ドアを開けると美しい奥さんと大変かわいらしい五歳の娘さんが出迎えてくれた。

シンプルで素敵な生活スタイルの家庭である。ベランダ越しに見える運河が夕陽に照らされて輝いていた。娘さんの子供部屋も小さな女の子が喜ぶように工夫してあり、家中に温かい愛情が満ちている。

奥さんは、私達にコーヒーと軽食をすすめつつ、安楽死についての意見を述べてくれた。彼女は「最終的に自分で生死を選べないことはとても不安なことだと思う。私は死の選択ができるシステムは必要な事だと思うし、治る見込みがなくて苦しむ人が死を望んでもそれを認めないシステムは、時にはそれの方が罪になる事もあると思う」と語った。

自由の本質は個人にあるのだ。私はつくづくそう感じていた。それはいつも思っていた事だが、彼らの意見をきいて改めてそう思った。個人が集団の中で生きてゆく時、どこまで個人に選択の余地が与えられるか、そのバランスがうまくとれている国が本当に自由な国といえるのだ。オランダはかなりイイ線いっていると思う。

オランダが安楽死を認めているとは言っても、それを実行させてもらうためにはものすごく厳密な検査や審査が必要であり、家族の同意も必要である。望めば簡単に安楽死を行ってもらえるわけでは決してない。それがバランスという事なのだ。軽はずみなシステムではなく、あらゆる角度から検討した上で最終的な選択を個人に与えてくれる。一度死を選んだ者も、最後の最後のギリギリで「やっぱりやめたい」と言えばやめてもらえる。人間にとって、最大の選択権のひとつであると思われる生死の自由が、私個人としてはあって欲しいと思う。

夜、タクシードライバーの彼がポルトガル料理店に連れて行ってくれた。私はポルトガル料理は初めてだったのでどんなもんだろうとワクワクしていたが、そうたいしておいしいというほどのものでもなかった。別にまずくもなかったのだが、シーフードで貝類が多かったのである。私はとりたてて貝類が好きというわけではなく、夫も貝類が好きな方ではなかったため、けっこう余ってしまった。せっかく連れてきてもらったのに悪いなァ、と思ったのだが、悪いからと言ってムリして食べるというような律儀なタチではないために余ったのであった。だが、オランダでポルトガル料理を食べるというのも、なんだか鎖国気分であるなァと感じた。

オランダの風車

翌日、ガイドの塚本さんが「オランダに来て下さったのに、まだ風車らしい風車を見ていないでしょう。帰国する前にぜひ風車を見ていただきたいので、もしよろしければ御案内いたします」と言ってくれたので見に行く事にした。そういえば、私のイメージではオランダはまず風車だったのにまだ見ていなかった。チューリップは季節じゃないから咲いていないんだろうと思っていたが、風車がないのは実にオランダらしからぬ事だ。それと、頭に変な白い帽子のような物をかぶって刺繍《ししゅう》のついている服を着ている少女も見ていない。見たのは少女ではなく婆さんだけだ。

塚本さんの話によれば、オランダには昔は風車はたくさんあったが今はもうものすごく少ないのだそうである。みんながイメージしているようなあの風車など、めったにないらしい。どんどん世の中は変わっているのだ。たぶんポルトガル人もあんな衿《えり》の服は着てないだろうし、メキシコ人もあんな帽子をかぶっていないだろう。だが、五年前のインドはターバンを巻いている人も多かった。

風車の場所に着いた。「おお、あの風車はまさしくあの風車だ!!　我々が思い描く通りの風車だ!!」と私は思い感動した。オランダはやはりこうでなくてはという風景だ。近くの池にアヒルが泳いでいるのも良い。風車の近くに三羽ばかりアヒルがいて、あとはチューリップと白い帽子のような物をかぶった少女さえいれば誰が何と言おうとそれはオランダである。少女は三つ編みなら尚良い。しかし、先程も言った通りチューリップは春でなくては咲かないのでムリだ。帽子の少女も見つからない。私は考えた。イメージ通りのオランダを再現するためには、この場所へチューリップの季節に再び訪れ、私自身が刺繡の服を着て白い帽子のような物をかぶって三つ編みにしたらどうか、と。それでアヒルの三羽でも追っかけ回したら、それこそオランダ人でも見たこともないようなオランダらしい様子が見られるであろう。少女というには年をとりすぎているのではないかと言う人もいるであろうが、あのマルケンの婆さんを連れてくるよりマシであろう。

私の〝オランダらしい景色への挑戦〟という秘かな野望も知らず夫は風車の写真を撮り続けていた。チューリップの咲く頃にまたここに来たい。民族衣装を着てアヒルを追い回す計画に、夫はつきあってくれるだろうか。そんな想いが私の心の中をグルグル回っていた。私は本当にそれをしてみたいと、帰国した今もこうして思っている。

オランダに限らず、〝その場所の典型的なイメージの風景〟というものは面白いので、

「オランダは こうでなくっちゃ」という
イメージの図

今後旅行に出かけたら、なるべくそういう事をして写真に撮ったりしようと思う。こんなふうに思うのも、私のTVアニメに最近よく出てくる『たまちゃんのおとうさん』の影響かもしれない。

その後……

風車を見た我々は、再びアムステルダムに戻ってきた。夕方のフライトまでまだ時間があったため、市内のデパートに行ってみることにした。

デパートはものすごく普通の感じであった。特に有名ブランドが入っているわけでもなく、だからといって格安の品が売られているわけでもない。ごく普通に良質な商品が落ちついた様子で並んでいる。地道にしっとり暮らしているオランダの人々らしい印象である。

私はチーズを買って帰りたくなり、チーズ売り場に行ってみた。チーズ売り場といっても大げさなものではなく、小さなガラスのショーケースの中に八種類ばかりのチーズがゴロゴロと置かれているだけだ。サラミ味やオニオン味やガーリック味などのチーズがあり、試食してみて気に入ったのがあれば買えばよいし、気に入らなかったら買わなくてもよい。

私はガーリックとオニオンと、プレーンのチーズを買うことにした。夫は「三個も買うと、けっこう重いんじゃないか」と言ったが私はどうしても三個欲しいと言って買った。何かオランダらしいお土産が欲しかったのである。チーズを買ったことにそれ以上の理由はない。

夕方、我々はアムステルダムを発った。飛行機の中で、私はピエール・ラニエの腕時計の事などを考えていた。日本に帰ったらまずいつも行っている時計屋に行ってみよう、確かまだ持っていないデザインの時計があの店にはあったはずだ。フランスに行けば全てが手に入ると思って買わずにいたが、フランスでも入手できなかった物があの店にはまだ残っている……そんな事を考え始めると居ても立ってもいられなくなり、〝あー、早く日本に着かないかなァ〟と窓の外の雲ばかり眺めていた。

帰国後、早速いつもの時計屋に走った。店には私の持っていないデザインの時計が三種類あったので三つとも買う事にした。店の人が「これ、お好きなんですねぇ。集めてらっしゃるんですか？」と尋ねてきたので私は自分がコレをいかに好きで、フランスまで行って集めてきたばかりだと説明した。すると店の人は「そんなに好きだったんですか!?」と驚き、これまで販売されたデザインの時計のカラーコピーを見せて下さり、まだ持っていない物の在庫を輸入業者に確認して取りよせてくれると言うではないか。

私は思った。この時計屋の人にまず先に相談すれば、わざわざフランスに行かなくてもかなりたくさん手に入ったのではないか、と。

だがフランスに行ったからこそ手に入ったデザインもあるし、オランダにも行けたのでこの旅行は大満足だった。今回は安楽死の話題など、少々深刻なレポートとなったが次回はパ——ッと気楽なハワイに行く。お楽しみに!!

ハワイ編

一度は行ってみよう

「さくらさん、ハワイにまだ行ったことがないの!? ホント? 外国いろいろ行ってるのにそれは意外だわ。さくらさん、ハワイはねぇ、日本人ばっかりで嫌だっていう人もいるけど、私は好きよ。日本人ばっかりのところも、逆に考えれば便利でいいもんだし。まだ一度も行ったことないんなら、一度は行ってみるのもいいんじゃないかと思うわよ、私は」と言ってくれたのは賀来千香子さんだった。彼女と電話中の会話のひとコマである。

うーむ、ハワイかァ……と私は思った。今まで特に行きたいと思ったことはなかったが、ちょっと気にはなっていた場所である。昔からみんなが〝行きたい!!〟と夢みている場所である。『憧れのハワイ航路』なんていう歌もある。クイズの優勝者もよく行く場所だしクジで一等賞の人が行けたりもする。芸能人があんなに好きなんて、何かいいことあるのかなァなんていうふうにも思う。確かに日本人が多いために日本語が通じるのも便利でいいかもしれない。

そう考え始めると、まだ行ってもいないのに「ハワイって何ていいんだろう」と思えて止まらなくなってきた。常夏、青い空、ヤシの木、マリンブルーの海、豪華なホテル、便利で豊富なショッピング……何で今まで自分はハワイに行かなかったんだろう。やたらと変な国に行く前に、まず行くべきはおなじみのハワイではなかったのか……!!

私は夫に「今度はハワイがいい」と告げた。夫は過去二回、ハワイに行ったことがあるために「ええっ、ハワイ?」とちょっとつれない顔をしかけたので私は勢いよく「私はまだ行ったことがないからさァ」と言った。夫は「ああ、そうだね。一回も行ってないんなら一回ぐらい行ってみるのもいいかもね」と私の勢いにつられて言った。やはり一回ぐらいは行ってみるといい場所なのだ。つられたとはいえ、夫もそう言っている。よし、決まった。遅ればせながら、私もハワイへ出発だ。

ワイコロアホテル

日本から約七時間位でハワイ島に到着した。飛行機が着陸寸前の頃から、機内に♪チャ〜ラ〜〜ラ〜〜ラ〜〜〜……とハワイアンが流れてきた時、「ああ、みんなが昔からあこがれているハワイに来たんだなぁ……」と思い、何か言

い知れぬ感動で胸が熱くなり泣けてきそうになった。昔の人はきっとハワイに着いた時にはこんな感じで感動したのであろう。何も昔の人の気持ちになって感動することもないじゃないかと思うであろうが、私も思いがけない感動のし方に自分自身で驚いていたのだ。ハワイという場所は、日本人にとっては独特の思いやあこがれが昔から集中しているために、こんな感動のし方をしたのかもしれない。みんなのあこがれのエネルギーが集合している磁場なのだ。

空港ではサチコさんという女性が待っていて下さった。今回のガイドさんである。ハワイでは苗字のほうでなく名前のほうで呼ぶらしい。

私達はサチコさんの案内で、車に乗ってホテルに向かった。今から行く〝ヒルトン・ワイコロア〟というホテルは、史上最大の大リゾートホテルらしい。噂では、ホテルの敷地内を電車が走っており、人工的に造られた川があり、そこを船が行きかっていて、それらをホテル内での移動のために泊まり客が利用しているというのだから「ええっ、それホント!?」と言いたくもなるではないか。料理を運んで来る汽車が店内を走っているというレストランの話はきいたことがあるが、電車の走っているホテルなんてきいたことがない。ましてや船まで行きかうホテルなんて、世界のどこかにもしかしたらあるのかもしれないけれど、あるとしたら今から行くそこ以外にあるとは思えない。史上最大の大リゾートホテルというからには、それはそれはすごいんだろう。

「ここがワイコロアの入口になります。そのままホテルの建物まで車で進みますね」とサチコさんは言った。入口から建物まで、車で進んでゆくというのですらすごい規模だと感じさせる。普通のホテルの場合、だいたい道路に面して建っており、道路に車を止めてからすぐにホテルに入ってゆく。それなのに、敷地内に入ってもまだまだ車が走っているこの事実。地球上で最大規模というのはこういうことなのだ。

ホテルの建物に着くとそこはまず広い広いロビーになっており、むこうの方に電車が停車しているのが見えた。「おお、あれが噂の電車か」と思い近くに寄ってみると線路に沿って人工の川が流れており、遠くに船が動いているのが見えた。橋の上に立ってみると、何やら遥《はる》かなる風景とでも言うのがふさわしい景色になっていた。それはつまりどのような景色かと言えば、ヤシの木がずっとむこうまで立っていたり、川や滝のようなものがあったり、その他南国調の植物が盛りだくさんやら海のような池やら、とにかくそこがホテル内の景色だとは思えない程ゴージャスなのである。

私達は早速電車に乗って自分達の部屋のある建物に向かった。電車はゆっくり進みながら各建物の出入り口付近に停車する。途中日本庭園やプールやイタリアンレストランの店らしき建物などが見え、このホテルの多様な実力をうかがい知ることができた。

呑気にすごす

部屋に着くと、私達は時差のため急速に眠くなってしまった。まだ昼すぎだというのに眠るのは惜しいなァと思いつつ、私はマッサージを頼むことにした。明らかに何もしないでそのまま睡眠に入るつもりである。夫はせっかくだからちょっと海を見たりしたいとか何とか言っていた気もするが私は知らぬふりをした。どうせ彼もそのうち眠るに違いない。

やはり夫も眠った。私もマッサージをされている最中にさえ眠ってしまった。とても気持ちが良かった。ハワイアンのあの曲調そのもののような気分であった。

ハッと気がつくともう夕方になっていた。私達は慌ててホテルの電車に乗って、予約してあるホテル内の日本料理店へ向かった。そこで鉄板焼きとスシを食べ、満腹になったので少し庭を散歩しようという事になった。庭とは言っても電車が走ったり川が流れていたりするのでいろいろ気をつけないと危ない。私達は線路を越えたり橋を渡ったりしながら歩くうちに、幾つかのハンモックが設置されている場所に着いた。

ハンモックにゆられて幸せなわたし

ヤシの木に吊るされているハンモックを見た私と夫は、「これぞまさしく子供の頃からイメージしている通りのハンモックのあり方だ」等と言い合いながら寝転んでみることにした。私も夫もこんなにキチンとしたハンモックに寝転ぶのは生まれて初めてであった。

なんと心地良い物だろう。かすかに揺れるゆらぎ感が全身にやさしさを与える。真上に広がる夜空には星、そして繰り返される波の音に混じって屋外レストランの生演奏のハワイアンがきこえてくる。いいよなァ……ホントにいいよなァこういう感じ……幸せな気分って、〝いいよなァ……〟ってつくづく思う事なんだろうなァ……というようなひたすら呑気な時間が流れ、たぶん四十分位そこで揺られていた。もうそのまま朝まで眠ってしまいたかったがカゼをひくので部屋に戻った。

翌朝、ハンモックが気に入った私はひとりで早起きをし、早朝のハンモック体験もしてみる事にした。まだ涼しいヤシの木陰の風に吹かれて寝転んで見る空の青さの素晴らしいこと!! 波の音に混じってきこえてくるのは鳥の声。ジョギングしている白人が時折通り過ぎてゆくのもアメリカンな感じで良い。

部屋に戻ると夫が起きていたので一緒に海に行ってみる事にした。海とは言ってもこの周辺の海は波が荒いので、ワイコロアホテルでは人工的に浅い湾を造ってあり、そこで泳いだり遊んだりできるようになっている。人工湾だが本物の海とつながっているので、小さい魚やエビや貝がいっぱい棲《す》んでいた。私は夢中でエビを追った。手ですくえば採れるので、石の隙間や岩陰をジロジロ見てはエビを探し続けた。落ちている石も、火山岩なのでちょっときれいだと思い幾つか拾って帰る事にした。

部屋に戻るとガイドのサチコさんが「さくらさんにお土産です」と言ってかわいらしい時計を下さった。細かいデザインでハワイの魚や植物などがいっぱい描かれている。全て手作りで、ハワイ在住の若夫婦が製作している物だそうだ。私はその時計がとても気に入り、サチコさんに彼らの作品がたくさん置いてある店に連れて行ってもらうことにした。

その店は小さい店だったが、時計の他にもいろいろな作品が豊富にあったので私は感激しながらグルグルと何周も店内をうろつき回り、およそ二時間弱も物色し続けてしまった。恐らく夫は退屈だったに違いない。こういう物は、男性があまり興味を持つ物ではない事を私は知っている。せいぜい十分も見ればもういいやという気持ちになったであろう。それが二時間もつきあわされたらどうか。私なら「ちょっと他の店をみてくるね」と言って他の店へ行く。やはり夫も同じ事を言ってしばらくいなくなった。が、二十分位経ったところで戻ってきた。〝もうそろそろ済んだだろう〟と思ったのだろう。普通おみやげ屋に二十分もいれば大抵用事は済むものだ。しかも小さな店なのだから。しかし私はまだまだ店内をグルグル回り続けていた。

マンタの来るホテル

やっと店を出た時には日が暮れていた。私達は近くのバーで少し休んだ後、マウナケアビーチホテルというホテルで夕食をとるために車に乗った。

このホテルでは、敷地内の崖っぷちから大きなエイが泳いで来るのが見えるという。このエイは〝マンタ〟というエイで、二メートルくらいあるらしく、夜の七時過ぎ頃になるとこのホテルの崖の下あたりに来るそうだ。

私達がホテルに着くと、既に何人かの人々がエイの到来を待って崖っぷちに集まっていた。まだエイは来ていないようである。私と夫とサチコさんも崖の上に行って海面をジッと見守っていた。夜の海中がよく見えるように、崖の上からスポットライトが照らされている。他の人達もただひたすら海面を見つめ、エイが来るのを待っていた。

しかしエイはなかなかやって来なかった。サチコさんも少々焦りつつ「変ですねぇ。いつもならもう来る時間なんですけれど……」と困った表情で海面を覗きながら言った。他の人々も〝まだかなァ……〟という顔をしている。

あまりにもエイが来ないので、サチコさんは「私、ここでエイが来るのを待っていますから、おふたりはディナーを食べていて下さい。もしもエイが来たらすぐに知らせに参りますので」と言って下さった。私達はサチコさんにエイの見張り番をしていただくなんて申し訳ないからいいですと言ったのだが、サチコさんは「いえ、いいんです。せっかくハワイ島に来ていただいたんですから、ぜひエイを見ていただきたいので」と言ってくれた。

ホテルのレストランはエイの崖からすぐ近い所にあり、格調高い感じに造られていた。日本人の客はあまりおらず、ヤッピーふうな白人の客があちこちのテーブルで「ワッハッハ」と笑い合ったりしてくつろいでいた。

私達はワインを飲んだり料理を食べたり、なんだかんだといろんな話をしているうちにお腹いっぱいになった。デザートのクリームブリュレとコーヒーもとてもおいしかった。いい気分になりレストランを出ると、サチコさんが悲しそうな表情で「……ずっと待っていたのですが、とうとうエイは来ませんでした……」と我々に報告してくれた。そういえばサチコさんはエイを待っていたんだった……!!　と私は思い出した。ワインや料理を楽しんでいる間もサチコさんはエイのことを待っていて下さったのだ。それを私は忘れていたなんて申し訳ない限りである。エイも今夜は何か用事でもあったのだろう。私も夫も、サチコさんがエイを待っていて下さった事に深く感謝した。そしてまたいつか、エイに会える日が来るといいな、と思った。

ワイコロアホテルに戻り、私達は寝る前にマッサージをしてもらうことにした。昨日のマッサージさんが実にうまかったので、また彼女にやってもらいたいと思い予約しておいたのである。

あいかわらず彼女のマッサージは気持ちよかった。東洋の指圧と西洋のオイルマッサージを合体させたようなやり方で次々と体のコリをほぐしてくれる。窓の外からはハワイアンがきこえ、案の定私はまたマッサージの途中で眠ってしまった。こんな状況で眠らない人がいたらそれはよっぽど眠るのが嫌いな人だといえよう。

明日はこのハワイ島から飛行機に乗ってワイキキビーチのあるオアフ島に移る。いわゆる〝日本人ばっかり〟という典型的なハワイを体験しに行くのだ。おもしろいという人もいればおもしろくないという人もいるワイキキが、自分にとってはどうなんだろう。それに本当にそんなにたくさん日本人がいるのかなァ……と少し私はウワサを疑っていた。だいたい、ウワサというものは大げさなことが多く、実際に行ってみると「なんだ、きいていたほどじゃないじゃないか」というようなことがよくある。

まァ、それも明日になればわかることだ。

オアフ島

翌日、私達はハワイ島からオアフ島へ飛んだ。オアフ島の空港には青色のムームーを着たガイドのヤヨイさんという女性が待っていて下さった。日常生活なのにムームーを着ているとは、なんてハワイらしい人だろう……と思っていたら、ヤヨイさんは「……この服、うちの旅行会社の制服なんです。私もコレを好きで着ているわけじゃないんですよ」と言い、少しトホホという顔をした。もしも私が彼女だったとしても同じように少しトホホという顔をするであろう。確かに日常生活のムームーというものは人にその顔をさせる何かがある。

私と夫はとにかくゆっくりしたかったのでホテルに着いたらマッサージを頼んで夕食まで眠る事にした。ホテルはハレクラニという大変立派なホテルであり、プライベートビーチやプールがある。本来ならそれらの水場でキャーキャー叫びながら水遊びをすべきであろうが、どうにもこうにも怠け者の性分なのでそうしようとする気が起こらない。ハワイ島に着いた日と同じパターンである。

マッサージをしてもらった後、うとうとしていたらすぐに予定通り夕食の時間になった。今夜はハデなパフォーマンスを見せることで有名な鉄板焼きの店『田中オブ東京』へ行く。

ウワサ通り、そこのパフォーマンスは派手であった。各カウンターごとにシェフがいてそれぞれのシェフが包丁をグルグル回したり卵をジャグラーのようにさんざん飛ばしてから割ったり、何か面白い事を言って笑わせたり、とにかくいろんな芸を見せながら調理をすすめてゆく。各カウンターの客達は、芸を見るたびに「おおっ」と歓声をあげて盛り上がっている。我々も大いに盛り上がった。うちのカウンターは外人のシェフなのに流暢に日本語を使ってギャグをとばしてくれたりするので、ハワイは本当に日本人のために作られているなァと実感する。ましてや、ここは田中オブ東京なのだ。ハワイといえども東京だ。味もとても良かった。日本人にとってはありがたい店である。

食後、散歩がてらショッピングアーケードに行ってみることにした。ハワイのショッピングセンターでは、アラモアナという所が有名だが、アラモアナは非常に大きいために見て歩くのが大変そうだという理由で他のショッピングセンターに行った。

もう夜九時近かったために、多くの店が閉店しようとしていた。私はトイレに行きたかったがガマンし、急いでいろんな店をのぞき回った。そしてエナメルのアクセサリー屋さんで小さな魚のペンダントを買い、次にビーチサンダルを買い、最後にコーヒー専門店でコーヒー豆を買った。急いでいた割にはいろいろ買えてよかったと思う。

ハレクラニのクロワッサン

翌朝、私はまた早起きして海を見たりお土産の整理をしたり、とにかく何かたいしたこともせずに過ごしていた。たいしたこともしていないのにお腹がすいたので、朝食のルームサービスをとることにした。和食のメニューもあるのだが、私はホテルの朝食はわりとクロワッサンとオレンジジュースとヨーグルトとゆで卵を食べるのが好きなので、たどたどしい英語でそれらを注文した。

約二十分ほどでそれらは届いた。ボーイさんがテーブルにていねいに並べてくれている間にも私は待ちきれない気持ちでソワソワしていた。もしも英語が得意だったらボーイさんにむかって「あんた、あとは自分でやるからもう行っていいよ」と言ってさっさと食べ始めるのだがそれも言えないのでソワソワしているしかない。

やっとボーイさんがテーブルのセッティングを終えたので私はチップを渡しがてら「サンキュー」とだけ言いドアを閉めた。サンキューと言ってドアさえ閉めればこっちのものだ。私はすぐにクロワッサンを食べ始めた。

おいしい!! なんておいしいクロワッサンだろう。今までいろんなホテルでクロワッサンを食べてきたけれど、こんなに感動的においしいクロワッサンは初めてである。お腹がすいていたからおいしく感じただけではないか、と思って少しおちついてからもう一度食べてみたがやはり感動的においしかった。だから本当においしいのだ。サックリとした表面の皮の具合いとしっとりとしたバターの練り込まれた内部の生地の絶妙な味わい。ああ、コレを書いている今も思い出したらまた食べたくなってしまう。皆さんも、オアフ島のハレクラニホテルに泊まったらぜひ朝食にクロワッサンを食べてみてほしい。そしたら私のこの感動をわかっていただけるに違いない。もし、「私はハレクラニよりもおいしいクロワッサンを知っている」という人があれば教えてほしい。今まで気づかなかったが、こうして考えてみると私はけっこうクロワッサンに興味を持っているほうかもしれない。チョコレートとアイスクリームとプリンに関しては自分でも興味を持っていると気づいていたが、クロワッサンまでは気づいていなかった。

クロワッサン以外の物もおいしかったが、ゆで卵を二個頼んだのが災いし、食べ終わった後苦しくなった。

海で泳ぐ

少し散歩でもしようと思い夫を誘ってみたが「まだ眠い……」という声だけきこえ、ふとんをかぶっている彼の体はビクとも動かなかった。散歩にはひとりで行くしかないようだ。

窓から外を見ると、白い浜辺と青い海が気持ちよさそうに日に照らされている。よし、ここはひとつ思い切って水着を着て行こうじゃないか。そう思い水着に着がえて上にTシャツを着てビーチサンダルをはいて外に出た。

ビーチでは人々が寝ころんでいたり座っていたり、何ひとつ面白そうな事はなかった。はりきって水着を着てきたものの、私は一体ひとりで何をしようとしているのか。別に日に焼けようと思っているわけではなく、むしろ日焼けは避けたいと思っているのにこんな所をウロウロしているなんて肌に良くない。貝がらでも拾おうかと思って足元を見たけれど貝がらなんてひとつもない。話し相手もいない。いやァ、まいったなァ……という心境である。海で泳ごうかと思ったりもするが、ひとりで海に入ってもますますどうしようもない気がする。

ワイキキビーチで独り日に照らされながら無意味な時間は流れていった。こんなことをしていても仕方がないと思い、とうとう私は一応海に入ってみる事にした。どうせ何もすることがないだろうなァとわかっていながら海の中にすすんでいった。

　思ったとおり、やはり何もすることがなかった。ただ海水の中にいる人間というだけの状態である。ビーチにいる時よりも水の中は涼しかった。それは当然の感想といえよう。念のため、周りの人々はどんなことをしているのか見回してみると、やはり皆ただ海水の中に入っているだけであった。誰も何もしていない。う——む、皆、こんなことをするためにわざわざハワイに来ているのであろうか。そんなことはないはずだ。ハワイに行ってきた人達の話では、何かもっともっと楽しそうなことをしている気がする。しかし、私の周りの何もしていない人々はどうか。海水浴とは、その名のとおりこうしてただ海水を浴びていればいいのか。……様々な事を思いながら私は海から浜へ上がった。約十分間の海水浴であった。

　午前中、クロワッサンと海水浴で体力を使い切ってしまったため、午後になったとたん眠くなってしまった。が、今日も夕食の時間まで部屋で眠っているというのもばからしい話なので私と夫はヤヨイさんと共に車で市内をひとめぐりすることにした。

　車に乗って十五分ばかり経過した頃、私の眠気は本格的になってきた。もうとにかく眠い。私は夫に「眠いから眠る」と告げるのが精一杯だった。それを告げたとたん、

一応 海に入ったものの、何もすることが
なかった わたし。

即眠ったと思う。俗にいうバタンキューという眠り方をしたのである。バタンキューの後、この車がオアフ島のどこをどう走ってホテルに戻ったのかは全然わからない。夕食まで眠るのはばからしいと思いつつ車に乗ったのに、車の中で眠ったのだから結局ばからしい事になった。どうして私はこんなにばからしいのだろう。いくらばからしい漫画を描いているとはいっても、当の本人までこんなにばからしくなくてもいいではないか。なんか本気でそう思った。

ハワイの考察

すぐに夕方になったので、近くの中華料理店へ夕食をとりに行った。混んでいるわりにはおいしくない店だったのでガッカリした。中華でハズレた時は他の料理でハズレた時より私は口惜しいと感じる。なぜかというと、まずくてもなぜかどんどん食べてしまい最終的には苦しくなるまですすんでしまうからだ。他の料理の場合はまずければすすまないのに中華だとそうなる。この時もそうなったので非常に口惜しいと感じていた。

外に出ると大通りには日本人があふれていた。まるで東京の夜の繁華街そのものである。近くにインターナショナル・マーケット・プレイスという屋台の店がズラリと並んでいる場所があり、そこはアジア的なエネルギーに満ちていた。ザワザワと観光客が集まり、店員はしつこく客引きをしている。何気なく店先をのぞいただけで「安くするから」と言われ、買わされそうになるので注意が必要だ。雑踏の中をウロウロしながら〝ああ、よく聞くハワイの日本人の多さとか、買い物天国とかいうのはこういうことだったのか……〟としみじみ思う。確かにハワイには日本人が多く便利な点もある。そして買い物もチープな物から高級品までいろいろそろっている。食べ物もあらゆるメニューが豊富にある。青い空、海、ビーチ、これ以上何が欲しいかアンタ、と言われれば「うーーむ」と首をかしげてしまうのだが、どうしても私には少し物足りない気がしていた。

それは『趣《おもむき》』なのである。ハワイは実によくできている。便利だし清潔だし本当に都合がいい。でも趣が今いちないのである。哀愁とか懐かしさとか独特の色合いとかそういうのが全然ないのだ。そんなことを言う奴はハワイなんか来るなっ、と言われるかもしれないが、実際そのような趣を求める者にはハワイは向いていないと思う。特にオアフ島はそう言えよう。ハワイ島はけっこう〝島〟らしい趣があった。

翌朝、帰り支度が忙しいにもかかわらず、私はまたあのクロワッサンを注文した。昨日にひきつづき再び感動しながらパクパク食べた。オアフは趣がないとか何とか言ってても、こうしておいしいクロワッサンを食べながらダイヤモンドヘッドと海の見える部屋にいるだけでもかなり幸せだなァ、と思う。なるほどこの充実した日本人向けの場所に、これ以上何かを望むのは贅沢すぎるというものだ。

帰国後、親や友人達から「ハワイはどうだった？」ときかれ私は「うん、ハワイはなるほど日本人向けによくできていると思ったよ。日本人は多いし便利だし、買い物もいろいろできるし海は近いしね」と答えた。ハワイに行った人達が皆口を揃えて語る事そのままであった。つまり、みんなが言う〝ハワイ〟の印象は本当に正しかったのである。

数日後、賀来千香子さんと電話でハワイの話になった。私がハワイに行った感想をひと通り彼女に話すと、彼女は「え、じゃあさくらさんは、オアフに行ったのにハナウマ湾《ベイ》には行かなかったの!?　ハナウマ湾にはちょっとのぞいただけですっごく魚がいっぱいいてきれいなのに。それからマウイ島にも行かなかったの!?　マウイ島がいいのよ、ホント。さくらさん、もう一度ハワイに行った方がいいわよ。うん、絶対」と言った。

ハナウマ湾とマウイか……私はもう一度ハワイに行くべきかもな、と少し思った。だが、あっちこっちめぐりは今回で一応終了なのでもう一度ハワイへ行くのは当分先のことになりそうだ。

あっちこっちめぐりに関わって下さった全ての皆様と読者の皆様に感謝申し上げる。

今回で終了といいつつ、次号〝ももこのあっちこっちめぐり番外編〟というのを予定している。今まで私が行ってきたいろんな国のお土産品の在庫プレゼントや、こぼれ話などを掲載するつもりである。次号までよろしくおつき合いいただきたい。

番外編
To. みなさま
長いあいだ あっちこっちめぐり
を 読んで 下さって ありがとう
ございました!!
今回は番外編です。
しばし おつきあいを!!
50
from
MOMOKO
SAKURA

私は一九九六年五月から十月までの間、実にあっちこっちをめぐった。まさにこのタイトルにいつわりなしといった気分である。私が自力で描いた下手な世界地図をちょっと見ていただきたい。半年間でこんなにめぐる事も人生の中でそうはあるまい。実に良い経験をしたと思う。旅行前には「世界で一番大きな木をみたい」とか「ベネチアングラスのシャンデリアを買いたい」とかいろいろな希望を編集部の方やＪＴＢの方に伝え、そのつど細かい企画をたてていただいたのである。

企画倒れに終わったものとして「南米のジャングル探険」「スイスの山にて気球に乗る」「アフリカのサバンナの夕日をみる」「ブータン王国のハンサムな王子に会う」「北欧に行ってオーロラをみる」などがあったのだがそれぞれにそれぞれの理由があって行くのをやめた。どんな理由かといえば「南米ジャングル探険」は〝危険すぎるかも〟という理由から、次の「スイスの気球」は〝スイスの山の方はかなり寒いし気球は怖いかも〟という理由から、次の「アフリカのサバンナ」は〝予防注射をしなくては行けない〟という理由から、次の「ブータン王国のハンサム」は〝私はハンサムにあまり興味がない〟という理由から、そして次の「北欧のオーロラ」は〝ものすごく寒いうえに、オーロラがみられるかどうかわからない〟という理由にて次々と却下される運びになった次第である。そして〝清潔で適温で治安のよい所〟という三条件をクリアしている場所でなければあまり行きたくないなどという私のワガママも加わったためにかなり行ける場所が制限されてしまった。編集部やJTBの方々と共に「……適温で清潔で治安のよい所かァ……」と頭をひねった事も今となればいい思い出だ。

この一連の旅行の中で特に印象に残った事を少し挙げてみると、まずスペイン旅行での夫の腹痛だ。当時、世間でO－157が騒がれる直前であったため、誰もそんな菌のことは知らなかった。なので単なる腹痛だと思っていたがこわい話である。夫はO－157の症状とは違う点が多かったし自力で治ったので、恐らくO－157に感染してはいなかったと思うが、今後腹痛には充分な警戒が必要である。当時、もしもO－157が話題になっていたら、スペイン旅行は延期してまず治療ということになったと思われる。結果論だが夫がどうにか無事でよかった。

それから、毎回ガイドさんが実に頼もしく親切な方ばかりで非常に有難かった。いつも別れ際にはどのガイドさんとも「またお会いしましょう」と言って握手し、別れを惜しんだ。本当にどのガイドさんにもまたお会いできる日が来るといいな、と思っている。

五月がスペイン・ベネチア、六月がバリ島、七月がアメリカ西海岸、八月はお休みして九月がパリ・オランダ、十月がハワイという日々だったが、日本にいる間の仕事は大変であった。漫画の連載とエッセイ（これ）の連載とTVアニメの脚本、そして母に手伝ってもらっているとはいえ家事や子育てなどの雑用を一気にやらなければならなかった。八月は夏休みなので空港が混雑するだろうということで旅行を中休みしたが、たまたまこの月に私は疲労により扁桃腺《へんとうせん》が腫れて高熱が出て十日間ばかり寝込む事になった。体調を本格的に崩したのは十年ぶり位の事であったため、自分は丈夫だから大体の事は全然平気でやれるだろうと思い込んでいたがやはり無理をすれば体を壊す事があるのだなァと寝ながら考えた。その後、ハワイから帰ったあたりでもう一度扁桃腺が腫れかかったがその時は寝込まずに復帰した。丈夫なほうである事は間違いない。

私と夫が旅行中、二歳の息子はかなり寂しい思いをしていたらしい。母の話によれば、おとうさんとおかあさんはどこに行ったのかだとか、ヒコーキに自分も乗りたいだとか、いつ帰ってくるのかだとか、今日はもう帰ってくるに違いないだとか、そのようなことばかり言っていたという。私も旅先では息子の事がいつも気になっていた。「ああ、ここにあいつがいればなァ……」と思う事ばかりであった。だが実際に息子がいたら「ああ、日本においてくればよかった」と思う事ばかりなのは明白である。私のあっちこっちめぐりにあいつがいたら、あいつのあっちこっち行くのに振りまわされて目が回るだけだ。

さて、お土産物についてだが、私は旅に出るとついつまらない物ばかり買ってしまう。これは趣味なので仕方ない事なのだが、小さい人形とか置き物とか、変な民芸品とか絵とかそういう物が好きなのである。だからｎｏｎ－ｎｏの皆様にはあまり興味のない物ばかり毎回買ってきてしまったように思う。そのように思っているにもかかわらず、まだつまらない物の在庫を今回皆様にプレゼントさせていただきたく思い、それらのコーナーをつくってみたのでもし気に入った物があったら応募してほしい。

それでは、皆様どうぞお元気でおすごし下さい。また何かの節はよろしくお願いします。

さくらももこ

旅から帰ってきたときの感想の地図

すごくすごくきれいな町だったよ。見てよかった。
ノミの市とおいしいレストランとオレンジ色のがい燈が印象に残ったよ。
マドリード
トレド
バルセロナ
(ロンドン)
パリ
アムステルダム
ベニス
ミラノ
しっとりしていてすてきな町。みんなの考え方もちゃんとしてる。
も〜、よかった〜!! 町全体がキラキラしてて あ〜、また行きたい。
(ホンコン)
(インド)
(タイ)
ミラノはお休みの日だったんだよね…。

なんかせつない所だったなァ。

でもすごくよかった。

また行きたい。

ウブドゥのアーティストのみなさんに会えたこともカンゲキしたよ。

バリ島
ガウディの建てた家がすごかったなァ。

ピエール・ラニエの時計がいっぱいみつかったのでよかった!! うれしかったよう。リドのショーもみたし、パリへいっぺん行ってみてよかった。

OMAKE

SA KU RA MO MO KO

さくら ももこ だより

号外

1997. 6月

みなさん、お元気でしょうか。私はあいかわらず健康の研究を続け、元気に暮らしております。最近は またヨーグルトきのこを飲みはじめました。(前にもやってたんだけど、ヨーグルト菌を死なせてしまい しばらくやってなかったんです。)ちなみに前に書いた飲尿は今はやっていません。アレもけっこういいとは思うのですが、とりあえず今はちがう方法で健康の研究をすすめています。私は10種類以上いろいろな健康食品をのんでいるのですが、基本的にはプロポリスとクロレラと、ビール酵母(エビオス)、それからヨーグルトきのことニンジン・リンゴジュースを飲めばばっちりではないかと思います。あと緑茶ですね。健康に興味のある方はちょいと参考にして試してみて下さい。

ともだちのはなし

「あっちこっちめぐり」の中にも時々でてきた賀来千香子さんとは、電話でしょっちゅういろんな話をしています。最近こっているモノの話とか仕事の話とか健康の話だとか旅行の話だとか あぁだこうだと長電話ばっかりしています。賀来さんの他にも、小山田君(コーネリアス)と、『たま』の石川さん(ランニングの人)のおくさんと、おーなり由子さんともよく長電話をしています。長電話のメンバーはだいたいこの4人ですね。そんなにたいした話をしてるわけじゃないのですが、そのたいした話じゃない話がおもしろくてついつい長電話になっているのです。 長電話のメンバーじゃないのですが、このまえ久しぶりに吉田戦車さんに会いました。「一緒に『たま』のライブをみにいこうよ」とさそったところ「じゃあいくよ」といって一緒に行くことになりました。私が『たま』の人たちに戦車さんを紹介しましたところ、『たま』の石川さん(ランニングの人)と戦車さんは非常に意気投合し、なんと『たま』の人たちが吉田戦車さんの漫画『ぷりぷり県』のイメージアルバムを作ることになったのです。アルバムは7月23日に発売、タイトルは『パルテノン銀座通り』というそうです。わたしゃ、たまたま戦車さんを『たま』のライブにさそっただけだったのに、こんなことになるなんて、世の中ホント思いがけないことばかりでおもしろいなあと思ったよ。そんななりゆきがあるのかァ、と思って『パルテノン銀座通り』をきいてみるのもおもしろいかもしれないので、興味のある人はきいてみて下さい。 コーネリアスの小山田君もこの夏、久々にアルバムを出すので それも楽しみです。先日、私は小山田君のレコーディングを取材するという珍しい仕事があり、見学にいってきました。小山田君はのんきな笑顔で迎えてくれましたが、作ってる音楽はあいかわらずすごくこってて カッコよかったよ。7月2日に発売のシングルCDのタイトルは『スターフルーツサーフライダー』という曲で、これは2枚組になっていて、2枚同時にCDプレイヤーにかけると1枚ずつきくのとはまたちがったかんじで楽しめるという楽しさ倍増の仕組みになっています。アルバムのほうは8月の初旬に発売でタイトルは『ファンタズマ』というそうです。このアルバムにはなんとヘッドホンがついていて、ヘッドホンできくと立体音響がたのしめるんだって!! 小山田君も、女装してCMにでたり ばからしいことやってるけど、やるときゃやるねぇ。『たま』も小山田君も去年は まる子のテーマ曲を作ってくれてどうもありがとう。私は あのときは小山田君に詞をほめてもらってうれしかったよ。友達と仕事をするのは楽しいもんです。

あっちこっちめぐりの後日談

・ピエール・ラニエの時計が、いつも行ってる時計屋で、このまえ、どうしてもみつからなかったデザインのやつがついにみつかり、これで私の知っているデザインのすべてがそろいました!! うれしいよう。

・ベニスで買ったオモチャみたいなシャンデリアを台所につけてもらいました。子供部屋のようになりました。カワイイけど…。

ごあいさつと次作のせんでん

『ももこのあっちこっちめぐり』を読んで下さったみなさま、どうもありがとうございました。連載中にはたくさんのお手紙をいただき、本当にうれしかったです。また9月には集英社から、私のエッセイ本が出る予定になっておりますので そちらもぜひ読んでいただけるとうれしいです。(『あのころ』のシリーズ第2弾です)←これもまた装丁はおなじみのそぶえさんです。では、みなさん お元気でおすごし下さい!! ももこより本書は一九九七年六月、集英社より刊行されました。
初出　「ｎｏｎ－ｎｏ」一九九六年九月二〇日号～一九九七年五月五日号

各国の社会情勢や店名などの情報、人物の肩書や職業などは、連載当時のものをそのまま記載しております。

読者プレゼント企画は連載時のもので、現在は終了しています。

本文デザイン監修　祖父江慎

集英社文庫 さくらももこ作品リスト

あのころ

「まる子」だったあのころをふりかえる、懐かしさいっぱい「子供時代」シリーズ。（巻末Ｑ＆Ａ収録）

まる子だった

テーマは十八番の「子供時代」。お気楽で濃密な爆笑世界へようこそ！（巻末対談・糸井重里）

ももこのいきもの図鑑

大好きな生き物たちとの思い出をやさしく鋭く愉快につづるショートエッセイ集。カラーイラスト満載。

Momoko's Illustrated Book of Living Things

「ももこのいきもの図鑑」英語版が登場！ 英語が得意な人も苦手な人も、楽しく読めることうけあい。

ももかんづめ

水虫に悩める乙女を救った奇跡の治療法ほか、笑いのツボ満載の初エッセイ集。（巻末対談・土屋賢二）

さるのこしかけ

インド珍道中の思い出など、〝読んで悔いなし〟の爆笑エッセイシリーズ第二弾。（巻末対談・周防正行）

たいのおかしら

歯医者での極楽幻想体験から父ヒロシの半生まで、爆笑エッセイ三部作完結編。（巻末対談・三谷幸喜）

のほほん絵日記

トホホな事件や小さな幸せがつまったカラフルな毎日をつづる、桃印絵日記。書き下ろし作品も大充実。

まるむし帳

やわらかな絵とあたたかな言葉が織りなすハーモニー。著者初の詩画集。（巻末対談・谷川俊太郎）

ひとりずもう

まる子が漫画家「さくらももこ」になるまで。青春時代の甘酸っぱいエピソードを綴る自伝エッセイ！

おんぶにだっこ

小学1年生でたまちゃんと出会った……。幼少期のピュアな気持ちを描く、さくらももこの原点！

焼きそばうえだ

植田さんのためにバリに焼きそば屋を開店!?　様々な難題に立ち向かうジョーダンみたいな本当の話。

集英社文庫

ももこの世界《せかい》あっちこっちめぐり

2021年3月25日　第1刷
2023年7月12日　第9刷

定価はカバーに表示してあります。

著　者　さくらももこ

発行者　樋口尚也

発行所　株式会社　集英社
東京都千代田区一ツ橋2-5-10　〒101-8050
電話　【編集部】03-3230-6095
【読者係】03-3230-6080
【販売部】03-3230-6393（書店専用）

印　刷　大日本印刷株式会社

製　本　ナショナル製本協同組合

フォーマットデザイン　アリヤマデザインストア　　マークデザイン　居山浩二

ISBN978-4-08-744217-5 C0195